Über den Autor:

Sandro Hübner, wurde 1991 in Görlitz geboren. Be-
suchte erfolgreich die Schule und widmete sich mit 10
Jahren Kurzgeschichten, Gedichten und Vorträgen die
sehr umfangreich verfasst waren. Als er 17 Jahre alt
war und sich als Schriftsteller die Zeit, für seinen Ersten
Roman: SAD SONG - Trauriges Lied - nahm, machte
ihm das Schreiben sehr großen Spaß. Sandro Hübner
lebt in Berlin und arbeitet bereits an seinem nächsten
Roman. Er hat mittlerweile vier Bestseller geschrieben.

Vom Autor bereits erschienen: www.sandrohuebner.de

Für dich Mama, Papa
Oma und Ur-Oma

Alle Geschichten, wenn man sie
bis zum Ende erzählt,
hören mit dem Tode auf.
Wer Ihnen das vorenthält,
ist kein guter Erzähler.

E. Hemingway

SANDRO HÜBNER

DIE NACHT DES HORRORS

HORROR

Bibliografische Information der Deutschen Nationalbibliothek:
Die Deutsche Nationalbibliothek verzeichnet diese Publikation in der Deutschen Nationalbibliografie; detaillierte bibliografische Daten sind im Internet über http://dnb.dnb.de abrufbar.

TWENTYSIX – Der Self-Publishing-Verlag
Eine Kooperation zwischen der Verlagsgruppe Random House und BoD – Books on Demand.

© 2019 Sandro Hübner

Herstellung und Verlag:
BoD - Books on Demand, Norderstedt

ISBN: 978-3-7407-4812-8

Edwige Garland schlug verzweifelt die Hände vors Gesicht. »Ihr dürft es nicht tun! Das ist Blasphemie! Jill ist kein Vampir!«

Die Männer beachteten die schreiende Frau nicht. Wortlos trafen sie ihre Vorbereitungen.

»Mein Kind!« weinte Edwige Garland. »Mein armes Kind!«

Jill lag auf einer Bahre. Man hatte ihr die Hände auf der Brust übereinandergelegt. Kalkweiß sah sie aus. Ihre Lippen waren fahl.

Selbst im Tod war sie noch eine Schönheit. Das lange brünette Haar umrahmte ein hübsches Gesicht. Wenn Jill nicht so furchtbar bleich gewesen wäre, hätte man meinen können, sie würde schlafen.

Die vier Männer hatten die Bahre auf einen Felsblock gestellt. Eine kühle Brise fegte vom Meer kommend in den nahe gelegenen Wald hinein.

Einer der Männer hob den Kopf. Er kräuselte die Nase, als würde ihm irgend etwas nicht gefallen.

»Wir müssen uns beeilen«, sagte er. »Die Dämmerung setzt bald ein. Bis dahin müssen wir es getan haben. Es bleibt uns nicht mehr viel Zeit.«

Edwige Garland schluchzte laut auf. Ihr Mann Jack hatte seinen kräftigen Arm um sie gelegt. Seine Miene wirkte wie aus Stein gehauen.

Düster war sein Blick. Im Gegensatz zu seiner Frau wußte er, daß getan werden mußte, was diese vier Männer zu tun im Begriff waren.

Denn wenn sie es nicht taten, dann stand Jill schon in der kommenden Nacht von den Toten auf und fiel als blutrünstiger Vampir über die Menschen her.

Jack Garland war ein Hüne. Breit in den Schultern, mit stämmigen Beinen. Wie eine knorrige Eiche sah er aus, und Jill war sein großer Liebling gewesen. Seit sie tot war, war in seinem Herzen etwas zerbrochen.

Er wußte, daß er nie wieder fröhlich sein würde. Die schöne Zeit des Lebens war vorbei. Mit Jills Tod war in Jack Garland die Lebensfreude erloschen. Es hätte ihm nichts ausgemacht, nun ebenfalls zu sterben.

Vielleicht hätte er sich im Wald erhängt, wenn Edwige nicht gewesen wäre. Aber ihm war klar, daß ihn seine Frau noch nie so sehr gebraucht hatte wie jetzt.

Für sie lebte er weiter. Nur für Edwige.

Er drückte sie fester an sich. »Mein Kind«, jammerte sie. »Mein armes Kind! Jack, du darfst das nicht zulassen!«

»Sei still, Edwige«, sagte Jack Garland sanft. »Glaub mir, es muß sein.«

»Meine Tochter ist kein Vampir!« schrie Edwige.

»Du hast die Male an ihrem Hals gesehen. Man hat dir ihre spitzen Augenzähne gezeigt. Sie ist keines natürlichen Todes gestorben. Diese Männer wollen Jill helfen, ihren ewigen Frieden zu finden, Edwige. Sonst wird unser Kind zu einer grausamen Untoten, vor der weder Kinder noch Frauen noch Greise sicher sind. Möchtest du das?«

Die vier Männer an der Bahre verrichteten ein kurzes Gebet. Man hörte sie nur murmeln.

Allmählich neigte sich der Tag seinem Ende

zu. Der Wortführer der vier trat nach dem Gebet vor Jill Garlands Eltern.

Seine Miene war ernst. Er war sich des Schmerzes von Edwige Garland bewußt, doch ihm war klar, daß er darauf keine Rücksicht nehmen durfte.

»Edwige«, sagte der Mann.

Die Frau hob den Kopf und blickte ihn mit tränenverschleierten Augen an. »Ihr... ihr dürft meinem Kind das nicht antun«, stöhnte sie.

»Edwige, Sie wissen, daß wir das alle nicht zu unserem Vergnügen tun! Jill trägt den Keim des Bösen in sich. Er würde in der kommenden Nacht aufgehen. Jill würde über einen unschuldigen Menschen herfallen und sein Blut trinken. Geben Sie Ihre Einwilligung zu dem, was getan werden muß.«

Die Frau schüttelte wild den Kopf. »Niemals!«

Der Mann wandte sich daraufhin an Edwiges Mann. »Jack?«

Und Jack Garland nickte ganz langsam. Er hatte keine andere Wahl. Er wollte, daß Jill in geweihter Erde bestattet wurde und nicht als Verfluchte das Dorf und seine Umgebung unsicher machte.

Der Mann drehte sich um.

Edwige wollte sich auf ihn stürzen. »Ich verbiete euch...!« Jack Garland hielt sie fest. Sie versuchte sich loszureißen.

»Edwige!« sagte Jack Garland eindringlich. »Edwige, so nimm doch Vernunft an!«

»Ich verbiete euch, meinem Kind einen Holzpfahl ins Herz zu schlagen!« kreischte die Frau. »Was bist du nur für ein Vater, Jack? Wie kannst du so etwas Entsetzliches zulassen?«

Der Mann, der Jack Garlands Einverständnis bekommen hatte, ließ sich einen schweren Hammer und einen gespitzten Eichenpfahl geben.

Edwige gelang es, sich loszureißen. »Neiiin!« schrie sie. Sie rannte zur Bahre und warf sich mit ausgebreiteten Armen über ihre tote Tochter.

Die Männer versuchten sie mit sanfter Gewalt zu entfernen, doch sie sträubte sich. Man wollte ihr nicht wehtun, versuchte es mit gut gemeinten Zusprüchen, doch Edwige Garland war wie von Sinnen.

Sie schrie: »Wenn ihr diese Tote schänden wollt, müßt ihr zuerst mich umbringen!«

Der Mann, der Hammer und Pfahl in seinen Händen hielt, blickte besorgt in Richtung Himmel.

Die Dämmerung setzte ein. Wenn erst mal die Nacht angebrochen war, würde das Böse in Jill erwachen, und es würde gefährlich sein, sie zu pfählen.

Jack Garland verlor die Geduld. »Edwige, gib endlich Jill frei!« brüllte er.

»Mein Kind ist kein Vampir!«

Jack Garland trat an die Tote heran. Er schob die fahle Oberlippe hoch. Die Eckzähne des Mädchens waren in der letzten halben Stunde wesentlich länger geworden.

»Sieh dir das an, Edwige!« schrie Garland. »Hatte Jill jemals so lange Zähne?«

Die Frau nahm das einfach nicht zur Kenntnis. Jack Garland packte sie. Kraftvoll riß er sie von der Toten weg.

In diesem Moment ging der Tag zu Ende, und die Nacht trat ihre unheimliche Herrschaft an.

»Schnell!« sagte einer der Männer. »Ich glaube, sie hat sich soeben bewegt!«

Seine Worte erhielten eine grauenvolle Bestätigung. Jill schlug in dieser Sekunde die Augen auf. Grausam und hypnotisch war ihr Blick.

Ihr Mund öffnete sich. Sie stieß ein tierhaftes Fauchen aus. Jack Garland überlief es kalt.

»Edwige!« preßte er heiser hervor.

»Sieh, was du mit deiner Dummheit angerichtet hast!« sagte er erschüttert.

Der Mann mit Hammer und Pfahl wollte sich auf den weiblichen Vampir stürzen. Doch Jill setzte sich mit einem jähen Ruck auf.

Abgrundtief böse funkelte es in ihren Augen. Die Männer wichen erschrocken zurück. Der Mann, der ihr den Eichenpfahl auf die Brust setzen wollte, erhielt von ihr einen Faustschlag, dessen Wucht ihn weit zurückschleuderte.

Jill sprang mit katzenhafter Gewandtheit von der Bahre.

»Jill!« rief Edwige Garland mit erstickter Stimme. »Jill, mein Kind!«

»Mutter!« antwortete die Vampirin. Sie starrte Edwige grausam an, lechzte nach deren Blut.

»Das ist nicht dein Kind, verdammt noch mal!« schrie Jack Garland.

»Wann wirst du das endlich begreifen? Was du hier vor dir siehst, ist lediglich eine Hülle, in der das Böse wohnt!«

Jill breitete die Arme aus. »Komm zu mir, Mutter. Laß dich umarmen!« Edwige wand sich unter Jacks festem Griff. »Laß mich zu ihr. Ich will zu meinem Kind!« schrie die Frau.

Sie traf mit dem Absatz Jack Garlands Schienbein. Der Schmerz bewirkte, daß sich sein Griff lockerte.

Edwige entglitt ihm und rannte auf die Vampirin zu.

»Edwige!« schrie Jack entsetzt.

Die Frau erreichte das Mädchen. »Laß dich küssen, Mutter!« flüsterte die Bestie. Schon näherte sich die Untote dem Hals der Frau.

Da besann sich Jack Garland des goldenen Kreuzes, das er um den Hals trug. Blitzschnell riß er sein Hemd auf.

Er griff nach dem Kruzifix und hielt es hoch. Jill stieß einen irren Schrei aus. Wut und Haß verzerrten ihr Gesicht.

Zischend und fauchend zuckte die Untote zurück. Sie hob zornig die Hände, um ihre grausamen Augen vor dem unerträglichen Anblick des Kreuzes – dem Symbol des Guten – zu schützen.

Jack Garland rann der Schweiß über das Gesicht. Er drängte Edwige zur Seite, trieb die Vampirin zur Bahre zurück.

Die vier Männer faßten sich ein Herz. Sie stürzten sich auf Jill. Das Mädchen gebärdete sich wie verrückt.

Laute entrangen sich ihrer Kehle, die kein Mensch ausstoßen konnte. Sie war ungemein kräftig. Viel stärker war sie, als sie je im Leben gewesen war.

Die Kraft der Hölle war in ihr.

Sie wollte sich losreißen. Die Männer hatten

Mühe, sie festzuhalten. Jack Garland trat an seine tobende Tochter heran.

Sie drehte den Kopf vom Kruzifix weg.

Er nahm das Kreuz ab und drückte es der Vampirin auf die Stirn. Ein markerschütternder Schrei gellte auf.

Das Kreuz hatte Jills Stirn verbrannt. Dunkelrot war das Brandmal zu erkennen. Die Untote war merklich geschwächt.

Hastig warfen die Männer sie auf die Bahre. Sie bäumte sich kreischend auf. Sie hob den Kopf, versuchte, die Männer zu beißen.

Jack Garland packte mit an. Auch er hielt die gefährliche Furie fest. Der Mann, der dafür bestimmt war, das Mädchen zu erlösen, trat neben die Bestie. Er setzte die Spitze des Eichenpfahles an.

Der schwere Hammer flog hoch und sauste sofort kraftvoll nach unten. Ein letzter greller Schrei entrang sich der Brust des Mädchens. Als der Pfahl ihr Herz durchbohrte, streckte sie sich.

Eine verblüffende Wandlung ging mit ihr vor. Sie bekam das Gesicht eines Engels. Ihre schönen Züge glätteten sich und nahmen einen friedlichen, gelösten Ausdruck an.

Die Bißwunden an ihrem Hals verblaßten und waren bald nicht mehr zu sehen. Auch das Brandmal auf ihrer Stirn verschwand, und sie hatte keine Vampirzähne mehr.

Jack Garland ließ das Mädchen los. Er begab sich zu Edwige und legte seinen kräftigen Arm um ihre Schultern.

»Es ist überstanden, Jill ist erlöst«, sagte er heiser.

»Der Herr lasse sie in Frieden ruhen«, sagten die Männer, und sie waren froh, daß die unvermeidbare Aufgabe vollbracht war.

Als ich um neun Uhr früh mein Büro betrat, kam meine Sekretärin Glenda Perkins um ihren Schreibtisch herumgehumpelt.

»Was ist denn Ihnen zugestoßen?« fragte ich das attraktive schwarzhaarige Mädchen. »Sind Sie einem Damenfußballklub beigetreten? Hatten Sie gestern Ihr erstes Match?«

Glenda schüttelte ächzend den Kopf. »Auf das naheliegendste kommt ihr Männer wohl nie, was?«

»Was wäre das denn?«

»Neue Schuhe.«

»Ach so.« Ich lachte. »Dann fordert wohl Ihre Eitelkeit nun ihren Tribut. Frauen geben in Schuhgeschäften ja niemals ihre richtige Schuhgröße an.«

»Von morgen an komme ich mit Sandalen zur Arbeit«, sagte Glenda.

»Apropos Arbeit: Superintendent Powell hat bereits nach Ihnen verlangt.«

»Sir Powell hat mich anscheinend gern um sich«, sagte ich lächelnd. Ich begab mich in mein Allerheiligstes, bereitete mich auf den Besuch beim Chef seelisch vor, rief sein Vorzimmer an und teilte der Dame mit, daß ich nunmehr auf dem Weg zum »Sir« sei.

Wenig später stand ich meinem Chef gegenüber.

Powell sah so aus, als hätte ihm die Queen seinen Adelstitel, der ihm erst kürzlich verliehen worden war, wieder aberkannt.

»Guten Morgen, Sir Powell«, sagte ich.

»Morgen«, brummte der Superintendent. »Bitte, setzen Sie sich, John.«

»Danke, Sir.«

Der Sechzigjährige betrachtete mich durch die dicken Gläser seiner Brille, als hätte er mich noch nie genau angesehen.

»Ich nehme an, Sie haben ein Problem, Sir«, sagte ich, um die Unterhaltung in Schwung zu bringen.

»Das kann man wohl sagen.«

»Worum handelt es sich?«

»Um Vampirismus.«

Mich überlief es kalt. Die Blutsauger gehörten nicht gerade zu meinen Freunden. Sie waren mir zuwider, diese heimtückischen Schattenwesen, die nachts aus Gräbern und Grüften stiegen, die Menschen täuschten und deren Blut tranken, wodurch dann auch ihre Opfer zu blutgierigen Scheusalen würden.

»Vampirismus hier in London?« erkundigte ich mich.

Superintendent Powell schüttelte langsam den Kopf. »Zum Glück nicht bei uns. In einer Großstadt ist so etwas noch viel schlimmer...«

»Wo also?«

»In Swanage. Das ist ein kleines Nest an der südenglischen Küste.«

»Unweit von Bournemouth entfernt«, sagte ich. »Ich kenne Swanage. Ein stiller, verträumter Ort.«

»Das war er mal. Heute haben die Menschen, die dort wohnen, Angst vor der Nacht, denn die Dunkelheit ist der Schutzmantel für den grausamen Vampir, der neuerdings in dieser Gegend sein Unwesen treibt. Sie sollten sich dieser Sache ehestens annehmen.«

»Okay, Sir.«

»Liegt zur Zeit noch etwas anderes an?«

»Nein, Sir.«

»Sobald Sie in Swanage eingetroffen sind, setzen Sie sich mit Inspektor Delmer Charisse in Verbindung«, bat mich Sir Powell.

»Hat er den Yard um Hilfe gebeten?«

»Ja. Er wird Sie mit den Einzelheiten des Falles vertraut machen, soweit sie ihm bekannt sind.«

»Tja, dann mach' ich mich mal auf die Socken.«

»Gutes Gelingen, John.«

»Vielen Dank, Sir.«

»Und... passen Sie auf sich auf. Ich kann es mir nicht leisten, meinen besten Mann zu verlieren.«

»Ich komme wieder, Sir«, versprach ich. »Und zwar ohne Vampirbiß.« Zu diesem Zeitpunkt ahnte ich noch nicht, daß es gar nicht so leicht sein würde, dieses Versprechen auch tatsächlich zu halten.

Lydia Groß aus Köln war so hübsch, daß sie beim Film gute Chancen gehabt hätte. Das dunkelblonde Mädchen sah einfach super aus.

Sie hatte hübsche Beine und eine bezaubernde Figur. Sie verstand es, sich vorteilhaft und nach der neuesten Mode zu kleiden, hatte ein angenehmes Wesen und verfügte über ein gut fundiertes Allgemeinwissen. Lydia arbeitete seit ein paar Jahren als Expedientin für ein Kölner Reisebüro. Das Unternehmen hatte sie auf einen Englandtrip geschickt, der außer einer einwöchigen Schulung auch die Besichtigung des Hovercraft-Fährschiffes, das zwischen Dover und Calais pendelt, vorsah. An Land standen mehrere Hotelbesichtigungen auf dem Programm.

Kaufleute anderer Kölner Reisebüros waren mit von der Partie.

Die Fahrt mit dem Zug nach Calais war über die Strecke Aulnoye-Lille gegangen. Die Straße von Dover hatten sie mit dem Hovercraft-Fährschiff überquert, und das vorläufige Ende der Reise hieß Bournemouth.

Nach einigen Exkursionen und etlichen Vorträgen stand der Nachmittag sowie die Nacht den Schulungsteilnehmern zur freien Verfügung.

Harry Pallenberg und Claus-Dieter Krämer, zwei Kollegen, schwänzelten in jeder freien Minute um Lydia herum.

Pallenberg war ein netter Kerl. Er war intelligent und sah ganz passabel aus. Er wußte fesselnd zu erzählen. Das war es, was Lydia an ihm gefiel.

Krämer war ein Schönling mit guten Manieren und einer gehörigen Portion Charme. Lydia mochte ihn.

Es war Harry Pallenberg, der nach dem Mittagessen fragte: »Was halten Sie von einer Fahrt nach Swanage, Lydia?«

Claus-Dieter Krämer, der nicht gefragt war, antwortete: »Ich wäre dabei.«

Ein Grund, die Fahrt nicht zu machen, dachte Pallenberg, der mit Lydia gern allein gewesen wäre, aber es würde ihm wohl nie gelingen, Krämer abzuschütteln.

Dazu war dieser clevere Bursche viel zu wach.

»Was um alles in der Welt wollen Sie denn in Swanage?« fragte Lydia.

»Soviel ich von dem Nest gehört habe, sagen sich da Fuchs und Hase gute Nacht.«

»Es soll da ein Schloß geben, das verflucht ist. Würde es Sie nicht reizen, es zu besichtigen? Ein bißchen gruselige Atmosphäre mit Gänsehaut wäre doch mal etwas anderes, als immer nur langweilige Vorträge zu hören.«

»Wenn ich Sie recht verstehe, schlagen Sie eine Horrorfahrt vor, Harry«, sagte Lydia amüsiert.

»Das Schloß soll einem blutrünstigen Vampir gehört haben.«

»Hört sich schrecklich interessant an. Also gut, ich mache mit.«

»Dann miete ich gleich mal einen Wagen«, sagte Harry Pallenberg erfreut.

»Ich beteilige mich an den Kosten«, sagte Krämer.

»Wir werden die Ausgaben dritteln«, sagte Lydia.

Pallenberg und Krämer schüttelten den Kopf. »Das kommt überhaupt nicht in Frage. Wir beide sind Kavaliere der alten Schule«, sagten sie.

»Entweder Sie lassen sich von uns ausführen, oder der Ausflug platzt.«

»Na schön, wenn Sie unbedingt darauf bestehen«, sagte Lydia lächelnd. Harry Pallenberg und Claus-Dieter Krämer entschuldigten sich. Lydia Groß begab sich auf ihr Zimmer, um ein paar Dinge einzupacken, die sie mitnehmen wollte.

Da sie erst am nächsten Morgen um zehn wieder in Bournemouth sein mußten, würden sie möglicherweise in Swanage übernachten.

Darauf richtete sich Lydia ein.

Das Zimmertelefon schlug an, als Lydia die Tasche schloß. Sie hob ab.

»Ja, bitte?«

»Wir sind startklar«, sagte Harry Pallenberg. »Es kann losgehen.«

»Ich bin schon unterwegs«, erwiderte Lydia und legte auf. Sie eilte aus dem Zimmer, fuhr mit dem Lift nach unten, gab den Schlüssel an der Rezeption ab und trat gleich darauf aus dem Hotel.

Pallenberg und Krämer erwarteten sie in einem weißen Rover. Pallenberg saß hinter dem Steuer. Der Beifahrersitz war frei.

Darauf nahm Lydia Platz, nachdem ihr Krämer die Tasche abgenommen hatte. Vergnügt und heiter traten sie diesen Ausflug an, der zur Katastrophe werden wollte…

Ich verließ das Yard Building. Auch Glenda Perkins hatte mich gebeten, vorsichtig zu sein und gut auf mich aufzupassen. Junge, Junge, mußte ich beliebt sein.

Ich setzte mich in meinen silbermetallic-farbenen Bentley und steuerte die schwere Luxuskarosse nach Hause. Der Wagen war mein Hobby. Andere Leute stecken ihr Geld in teure Briefmarken.

Mein Spleen war der Bentley, den sich ein Yard-Beamter eigentlich gar nicht hätte leisten dürfen.

Meine monatlichen Bezüge waren als Oberinspektor zwar nicht schlecht, aber zu einem Wagen dieser Klasse paßte eher ein

Industriekapitän.

Zwanzig Minuten nach der Abfahrt erreichte ich das Apartment, in dem ich wohnte. Ich ließ den Bentley zur Tiefgarage hinunterrollen und faltete mich aus dem Fahrzeug.

Der Fahrstuhl beförderte mich zu meiner Etage hinauf. Ich klopfte an die Tür meines Freundes und Nachbarn Suko, doch der Chinese war nicht zu Hause.

Also ging ich zu meinem Apartment weiter, schloß auf und trat ein. Die Reisetasche war schnell gepackt. Anschließend holte ich aus dem Schlafzimmerschrank meinen Einsatzkoffer.

In ihm befanden sich die Waffen, ohne die ich im Kampf gegen Geister und Dämonen keine Chancen gehabt hätte: ein geweihter Silberdolch, dessen Griff die Form eines Kreuzes hatte und außerdem mit Symbolen der Weißen Magie versehen war, magische Kreide, eine Gnostische Gemme, eine Dämonenpeitsche, eine Bolzen verschießende Luftdruckpistole und dergleichen mehr.

Ich öffnete den Koffer kurz, warf einen prüfenden Blick in die mit rotem Samt ausgeschlagenen Fächer, klappte den Deckel wieder zu.

Ein Unbefugter durfte sich an meinem Koffer nicht zu schaffen machen, sonst erlebte er eine unliebsame Überraschung. Das Schloß des Koffers versprühte bei unsachgemäßer Behandlung nämlich ein betäubendes Gas.

Nachdem ich für die Abfahrt bereit war, führte ich mehrere Telefonate. Ich hätte meinen Freund und Kampfgefährten gern nach Swanage mitgenommen, doch Suko war nirgends aufzustöbern.

Nicht einmal seine chinesische Freundin Shao konnte mir sagen, wo der Hüne steckte.

Ich unternahm einen letzten Versuch und rief Jane Collins an.

»Sag mal, weißt du, wo sich Suko herumtreibt?« fragte ich sie.

»Keine Ahnung«, antwortete meine Freundin. »Vielleicht hat er sich mit Shao in die vorehelichen Flitterwochen begeben.«

»Hat er nicht. Auch Shao hat keine Ahnung, wo der schlitzäugige Strolch steckt.«

Jane lachte. »Das wundert mich aber sehr. Er wird ihr doch nicht etwa untreu geworden sein.«

»Das gibt es bei Suko nicht.«

»Ist es denn so wichtig für dich, zu wissen, wo Suko ist?«

»Allerdings. Ich muß für ein paar Tage verreisen.«

»O John, wir wollten doch am kommenden Wochenende zur Antiquitätenmesse nach Birmingham fliegen.«

»Das habe ich nicht vergessen. Bis dahin bin ich längst wieder zurück.«

»Wohin fährst du?«

»Nach Swanage. Ein neuer Fall. Ich melde mich wieder, sobald ich zurück bin«, versprach ich und legte auf. Was mich in Swanage erwartete, verschwieg ich Jane absichtlich.

Ich wollte nicht, daß sie sich Sorgen um mich machte, und genau das hätte sie getan, wenn sie gewußt hätte, daß ich mich auf Vampirjagd begab.

Bevor ich mit Spezialkoffer und Reisetasche mein Apartment verließ, lud ich noch schnell meine Beretta mit geweihten Silberkugeln und steckte ein Reservemagazin ein.

Dann fuhr ich zur Tiefgarage hinunter und setzte mich in den Wagen. Das Abenteuer begann...

* Swanage.

Harry Pallenberg drosselte die Geschwindigkeit. Der weiße Rover rollte in Richtung Hauptplatz. Claus-Dieter Krämer blickte zum Seitenfenster hinaus.

»Ein seltsamer Ort«, stellte er verwundert fest. »Trostlos. Kein Mensch auf der Straße. In den Häusern scheint niemand zu wohnen.«

»Direkt unheimlich«, sagte Lydia und fröstelte leicht.

Pallenberg grinste. »Habe ich zuviel versprochen? Die Fahrt hierher lohnt sich jetzt schon.«

»Wo geht's eigentlich zum Schloß lang?« fragte Krämer. »Mir ist keine Abzweigung aufgefallen.«

»Mir auch nicht«, sagte Lydia. »Die Bewohner von Swanage scheinen vor irgend etwas große Angst zu haben.«

»Bei diesen Leuten spielt natürlich noch der Aberglaube eine große Rolle«, sagte Harry Pallenberg. »Wenn hier etwas geschieht, was vorher noch nie passiert ist, dann heißt es gleich, der Teufel hat seine Hand im Spiel. Vermutlich verhält es sich mit dem Schloß genauso. Ich bin davon überzeugt, daß es nicht im mindesten verflucht ist. Aber wenn sich so etwas in der Meinung der Menschen erst einmal verankert hat, sind sie kaum mehr davon abzubringen. Dann braucht sich irgendein Spinner bloß eine gruselige Geschichte auszudenken, und schon hat keiner mehr den Mut, sich in die Nähe des Schlosses zu wagen.«

Sie erreichten den Hauptplatz.

Zwei Gasthäuser standen zur Auswahl. Dem einen war ein kleines Hotel angegliedert.

»Ich habe Durst«, sagte Lydia Groß.

»Oja, so ein kühles Bier würde mir auch ganz guttun«, sagte Claus- Dieter Krämer. »Bei der Gelegenheit könnten wir auch gleich nach dem Weg zum Schloß fragen.«

Harry Pallenberg steuerte auf das Wirtshaus mit dem Hotel zu. Er stoppte den weißen Rover davor und stieg aus.

Während er seine Glieder streckte, schaute er sich um. »Eine richtige Geisterstadt ist das. Wie aus einem Hitchcock-Film«, sagte er.

Sie betraten das Lokal.

Rechts neben der Tür saß ein häßlicher Kerl, der sich seit Monaten nicht mehr gewaschen zu haben schien. Sein Gesicht war grau. Bartstoppeln standen auf Kinn und Wangen.

Stumm stierte er mit glasigen Augen in sein Whiskyglas. Er war der einzige Gast. Krämer wandte sich an ihn.

»Sie machen keinen sehr glücklichen Eindruck, Mister«, sagte er auf englisch.

Der Mann blickte ihn ärgerlich an. »Kümmern Sie sich um Ihren eigenen Kram und lassen Sie mich in Ruhe.«

Krämer störte die schroffe, abweisende Art des Betrunkenen nicht.

»Wohnen Sie in Swanage?« fragte er.

»Ja«, brummte der Mann.

»Dann können Sie mir vielleicht sagen, wieso so viele Menschen auf der Straße herumrennen, daß man fast nicht vorwärtskommt.«

»Niemand ist auf der Straße.«

»Sollte ich mich wirklich so getäuscht haben? Warum meiden die Bewohner von Swanage die Straße? Hat man vergessen, euch mitzuteilen, daß der Zweite Weltkrieg zu Ende ist?«

Der Mann wurde wütend. »Was wollen Sie von mir, Sie verdammter Narr? Möchten Sie sich über mich lustig machen?«

»Nichts liegt mir ferner als das.«

»Wir haben unsere Gründe, nicht auf die Straße zu gehen. Dieser Ort ist nämlich verflucht, falls Sie das noch nicht wissen sollten.«

»Ach, der Ort auch? Ich dachte, verflucht wäre nur das Schloß.«

Der Betrunkene schüttelte unwillig den Kopf. »Was für ein Schloß? Ich kenne kein Schloß.«

»Nun machen Sie aber 'nen Punkt, Mann!«

»Habe noch nie von einem Schloß gehört«, behauptete der Betrunkene starrsinnig.

»Dann werden Sie uns wohl kaum sagen können, wie wir dorthin gelangen«, sagte Claus-Dieter Krämer.

»Es gibt kein Schloß. Setzen Sie sich mit Ihren Freunden wieder in den Wagen und fahren Sie weiter. Waren Sie schon mal in Weymouth? Da ist es sehr schön.«

»Uns gefällt Swanage besser«, erwiderte Krämer.

Der Betrunkene erhob sich schwerfällig. »Mit

Ihnen stimmt was nicht«, sagte er brummig, legte das Geld für den Whisky auf den Tisch und verließ mit beachtlicher Schlagseite das Gasthaus.

»Ein komischer Heini«, sagte Harry Pallenberg und schüttelte grinsend den Kopf. »Behauptet allen Ernstes, hier gäbe es kein Schloß.«

»Er hatte Angst, davon zu reden«, sagte Lydia.

»Ein Aberglaube herrscht hier noch wie im tiefsten Mittelalter«, sagte Krämer. »Und das im Zeitalter der Raumfahrt.«

»Setzt euch irgendwohin«, sagte Harry Pallenberg. »Ich werde versuchen, den Wirt aufzutreiben.«

»Ich komme um vor Durst«, sagte Lydia.

»Wenn's nicht anders geht, bedienen wir uns eben selbst«, meinte Claus-Dieter Krämer.

Während er und Lydia sich an einen Tisch setzten, verließ Pallenberg den Gastraum. Krämer nahm die günstige Gelegenheit sofort wahr, um Süßholz zu raspeln.

Er verlieh seinem Bedauern Ausdruck, daß er die Fahrt mit Lydia nicht allein gemacht hatte, und bezeichnete Harry Pallenberg als das fünfte Rad am Wagen. Er stellte fest, daß er an Pallenbergs Stelle nicht mitgekommen wäre.

So viel Feingefühl hätte er besessen, daß er gemerkt hätte, daß er nur störte. Lydia ließ ihn reden. Sie amüsierte sich insgeheim über den Mann, der sich offenbar als Favorit betrachtete.

Pallenberg kam zurück. Ein dickbäuchiger Mann begleitete ihn. Der Wirt trug eine weiße fleckige Schürze.

»Ich hatte im Weinkeller zu tun«, entschuldigte er sich. Sein Blick fiel dorthin, wo der Betrunkene gesessen hatte.

»Wir haben Ihnen Ihren einzigen Gast vergrault«, sagte Claus-Dieter Krämer schmunzelnd.

»So?« fragte der Wirt. »Womit denn?«

»Wir wollten wissen, wieso Swanage so ein Geisterdorf ist.«

Die Miene des Wirts verfinsterte sich. Er räusperte sich. Sein Blick wurde unstet. Er wechselte augenblicklich das Thema. »Was darf's denn sein?«

Lydia Groß, Harry Pallenberg und Claus-Dieter Krämer sagten, was sie haben wollten. Der Wirt bediente sie schnell.

Beinahe hatte es den Anschein, als wollte er seine Gäste so rasch wie möglich wieder loswerden.

»Ich nehme an, Sie sind auf der Durchreise«, sagte er lauernd.

Harry Pallenberg schüttelte jedoch lächelnd den Kopf. »Mitnichten. Wir sind mit voller Absicht nach Swanage gekommen.«

Der Wirt sah ihn daraufhin an, als zweifle er an Pallenbergs Verstand.

»Wir arbeiten für deutsche Reisebüros«, erklärte Krämer. »Sind zur einwöchigen Schulung nach England gekommen. Heute haben wir einen freien Nachmittag. Wir möchten ihn dazu benützen, das verfluchte Schloß zu besichtigen.«

Der Wirt zuckte betroffen zusammen.

»Sagen Sie jetzt bloß nicht, es gibt kein Schloß!« warf Pallenberg grinsend ein. »Die Masche hat schon Ihr Gast gehäkelt.«

Der Wirt atmete tief ein. Kleine Schweißperlen glänzten mit einemmal auf seiner Stirn. »Na schön, es gibt das Schloß. Aber ich kann Ihnen nur dringend raten, davon fernzubleiben.«

»Ist es wirklich verflucht?« fragte Lydia zweifelnd.

»Es ist mehr als das. Das Böse wohnt in seinen Mauern. Wer es betritt, ist des Todes. Sie sollten meine Warnung ernst nehmen. Ich meine es gut mit Ihnen.«

»Wem gehört das Schloß?« wollte Harry Pallenberg wissen.

»Es ist das Schloß des Grafen Morloff. Aber der Graf lebt nicht mehr. Seit seinem Tode verwaltet sein Diener Garco die Burg.«

»Was hat es mit diesem Fluch auf sich?« fragte Lydia neugierig.

»Ich habe schon zuviel über das Schloß geredet«, erwiderte der Wirt.

»Ich will mich nicht mehr weiter mit Ihnen darüber unterhalten, und ich bitte Sie, diesen Wunsch zu respektieren.«

Harry Pallenberg zuckte mit den Schultern. »Okay, okay. Gestatten Sie uns nur noch eine abschließende Frage.«

Der Wirt zog die Brauen zusammen.

»Wo ist die Straße, die zu Graf Morloffs Schloß führt?«

»Sie zweigt gleich hinter Swanage ab. Man kann sie nicht verfehlen. Wenn Sie diesen Weg trotz meiner Warnung einschlagen, werde ich Sie lebend nicht wiedersehen«, behauptete der Wirt.

Er sagte das so ernst, daß Lydia Groß davon unwillkürlich die Gänsehaut bekam.

Als ich in Swanage eintraf, führte mich mein erster Weg zur Polizeistation. Ich wollte mich mit Inspektor Charisse unterhalten, doch der diensthabende Constabler sagte mir, daß Delmer Charisse heute seinen freien Tag habe.

Ich ließ mir Charisses Adresse geben. Der Inspektor wohnte etwas außerhalb von Swanage. Ich traf ihn jedoch nicht zu Hause an.

Also schlug ich die Zeit damit tot, mir die Umgebung von Swanage anzusehen. Es war eine fruchtbare Gegend mit üppiger Vegetation. Wiesen, Wälder auf Hügeln und in Tälern.

Am späten Nachmittag versuchte ich mein Glück noch einmal bei Delmer Charisse. Abermals ohne Erfolg.

Ich fuhr in den Ort und ließ meinen Bentley vor einem Wirtshaus ausrollen. Ein weißer Rover stand vor dem Lokal.

Swanage glich einer Totenstadt. Ich fühlte mich nicht sehr wohl hier.

Ich stieg aus dem Wagen, holte meine Reisetasche und betrat dann das Gasthaus. An einem Tisch saßen zwei Männer und ein Mädchen. Sie sprachen mit dem Wirt. Obgleich sie englisch redeten, war an ihrem Akzent unschwer festzustellen, daß sie Deutsche waren.

Ich hatte einen guten Freund in Deutschland: Kommissar Mallmann. Er war beim BKA beschäftigt, und wir hatten zusammen einige knifflige Fälle gelöst.

Obwohl ich den Eindruck hatte, daß Fremde in Swanage nicht gern gesehen waren, schien der Wirt über mein Erscheinen doch recht froh zu sein.

Er wandte sich mir zu und fragte: »Was kann ich für Sie tun, Sir?«

»Ich möchte ein Zimmer haben«, antwortete ich.

Der Wirt sah mich an, als sei er der Meinung, ich hätte nicht alle Tassen im Schrank. »Ein Zimmer«, sagte er. Es klang, als könne er es nicht glauben. »Ein Zimmer...«

Ich lächelte. »Sagen Sie jetzt bloß nicht, Sie sind ausgebucht.«

»O nein, Sir. Ich habe jede Menge Zimmer frei...«

»Geben Sie mir eins. Ich hoffe, es verfügt über ein eigenes Bad mit Toilette.«

»Gewiß, Sir...«

»Wenn es auch noch ruhig liegt, nehme ich es«, sagte ich. Der Wirt konnte es nicht fassen. Ein Hotelgast schien seit Jahren eine Rarität hier zu sein. Der Wirt schnappte sich meine Reisetasche.

»Wenn Sie mir bitte folgen wollen, Sir.«

Ich ging mit ihm. Er führte mich ins Obergeschoß. Ich konnte mir das Zimmer, das mir am meisten zusagte, aussuchen.

»Wie lange haben Sie die Absicht, zu bleiben, Sir?« wollte der Wirt wissen.

»Ein paar Tage. Das hängt von den Umständen ab.«

»Von den Umständen. Aha.«

Ich nahm vom Wirt den Zimmerschlüssel in Empfang und kehrte mit dem Mann dann in die Gaststube zurück. Die Deutschen waren noch da.

Ich bestellte mir ein großes Bier und setzte mich an den Nachbartisch. Während ich mein

Bier trank, bemerkte ich, daß mich das blonde Girl aus Germany ansah.

Ich nickte ihr zu, und sie gab das Nicken lächelnd zurück.

Die Begleiter der Blonden redeten über das Schloß, das ich von weitem bereits gesehen hatte. Unheimlich ragte es von der höchsten Erhebung hinter Swanage auf.

Es beherrschte den Ort auf eine beeindruckende Weise. Ich rechnete damit, daß mich die Geschehnisse früher oder später dorthin führen würden.

Alles Unheil schien von diesem Schloß auszugehen. Die drei Deutschen hatten – so entnahm ich ihrem Gespräch – die Absicht, das Schloß aufzusuchen.

Der Wirt verließ die Gaststube. Einer der beiden Deutschen bat mich um Feuer. Ich gab es ihm. Er fragte mich, ob ich mit Absicht nach Swanage gekommen war oder mich nur verfahren hätte.

Wir kamen ins Gespräch. Es dauerte nicht lange, da saß ich am Tisch der Deutschen, kannte ihre Namen und wußte, was sie nach England geführt hatte.

Harry Pallenberg blickte auf seine Uhr. »Es ist Zeit, daß wir aufbrechen«, sagte er. »Wenn wir uns das Schloß noch ansehen wollen…«

»Es geht mich zwar nichts an«, fiel ich ihm ins Wort, »aber ich würde die Fahrt dorthin lieber ins Wasser fallen lassen, Herr Pallenberg.«

Der Deutsche sah mich belustigt an. »Du kriegst die Tür nicht zu. Haben Sie etwa auch Angst vor dem Schloß?«

»Der Wirt hat Sie nicht ohne Grund gewarnt«,

sagte ich.

»Bei diesen einfältigen Menschen steckt doch hinter allem und jedem der Teufel.«

Die Wirtshaustür öffnete sich. Ein unheimlicher Kerl trat ein. Er beachtete uns nicht. Wir schienen für ihn Luft zu sein, existierten nicht für ihn.

Schlurfend begab er sich zum Tresen. Er war ein großer Kerl mit breiten Schultern, auf denen eine schwere Last zu liegen schien. Deshalb ging er gebeugt.

Sein kantiges Kinn war weit nach vorn geschoben. In den tiefliegenden Augen funkelte ein bösartiges Feuer.

»Das muß der Kinderschreck von Swanage sein«, raunte Claus-Dieter Krämer.

Der Kerl nahm sich einen Whisky und setzte sich an einen der Tische. Nach wie vor existierten wir nicht für ihn.

Harry Pallenberg drängte zum Aufbruch. Ich sah ihm an, daß er es nicht unterlassen würde, das Schloß zu betreten.

Um ihn doch noch von diesem Vorhaben abzubringen, schenkte ich ihm und den beiden anderen reinen Wein ein.

»Hören Sie, ich bin Oberinspektor bei Scotland Yard, und man hat mich hierhergeschickt, weil in dieser Gegend üble Dinge geschehen sind.« Pallenberg grinste. »Hört nicht auf ihn«, sagte er zu Lydia Groß und Claus-Dieter Krämer. »Er will uns bloß Angst machen.«

»Wovor haben die Menschen hier so furchtbare Angst, Oberinspektor?« fragte Lydia.

»Ein Vampir treibt in dieser Gegend sein Unwesen«, sagte ich ernst.

»Etwa Graf Morloff?« fragte Pallenberg.

»Und sein Diener Garco holt ihm Nacht für Nacht die Opfer aufs Schloß, was? Hören Sie auf mit diesen Gruselgeschichten, Oberinspektor Sinclair. Wir nehmen es Ihnen ja doch nicht ab.«

»Das sollten Sie aber, Herr Pallenberg.«

»Der einzige Vampir, an den ich glaube, ist Graf Dracula. Aber auch nur dann, wenn Christopher Lee ihn spielt«, sagte Pallenberg. »Wir sind nach Swanage gefahren, um uns auf dem Schloß ein wenig zu gruseln, und niemand kann uns davon abhalten, daß wir uns den kleinen Schauer holen.«

Ich warf einen Blick über die Schulter und stellte erstaunt fest, daß der unheimliche Kerl, der vorhin das Wirtshaus betreten hatte, verschwunden war.

Ich hatte ihn nicht weggehen gehört.

Ein seltsames Gefühl beschlich mich. Ein Gefühl, das ich mir nicht erklären konnte.

Pallenberg, Krämer und die junge Frau erhoben sich.

»Sollten wir einem Vampir begegnen, werden wir ihn von Ihnen herzlich grüßen, Oberinspektor«, sagte Harry Pallenberg.

Lydia Groß schien damit nicht einverstanden zu sein, wie er sich lustig machte. Sie schien mir zu glauben, und auch Krämer war nicht in der Lage, den Vampir einfach unter den Tisch zu fegen.

»Okay«, sagte ich. »Wenn ihr euch schon unbedingt das Schloß ansehen müßt, dann versprecht mir, daß ihr es wenigstens noch vor Einbruch der Dunkelheit wieder verlaßt.«

»Versprochen, Oberinspektor. Sie scheinen ein patenter Kerl zu sein«, sagte Pallenberg. »Ich finde es nett, wie Sie um uns besorgt sind, obwohl wir keine Briten sind.«

»Was hat das denn damit zu tun? Meiner Ansicht nach hat in erster Linie der Mensch zu zählen und nicht die Staatszugehörigkeit.«

»Eine äußerst vernünftige Ansicht«, lobte Pallenberg. »Auch ich vertrete sie. Wenn es mehr von unserer Sorte gäbe, wäre ein vereintes Europa schon längst kein utopischer Traum mehr. Sind Sie heute abend auch hier?«

»Ich denke ja.«

»Dann werden wir uns noch mal wiedersehen.«

»Das hoffe ich«, sagte ich.

Die Deutschen verließen das Gasthaus. Lydia Groß und Claus-Dieter Krämer hätten wohl ganz gern auf die Fahrt zum Schloß verzichtet.

Aber sie schämten sich vermutlich, das zuzugeben, deshalb begleiteten sie Harry Pallenberg.

Ich hörte hinter mir ein tiefes Seufzen und wandte mich um. Der Wirt hatte die Gaststube wieder betreten.

Er wiegte den Kopf und murmelte: »Das wird nicht gutgehen. Das kann nicht gutgehen.«

Als der Tag zu Ende ging, verließ ich das Hotel, um meinen Spezialkoffer aus dem Wagen zu holen. Ich brachte ihn auf mein Zimmer.

Der Wirt machte mich darauf aufmerksam, daß es für die Hotelgäste hinter dem Gebäude einen Parkplatz gab.

Ich lenkte meinen Bentley dorthin. Es war die Zeit zwischen Tag und Nacht, wo es angeraten ist, nicht mehr ohne Scheinwerfer zu fahren. Obwohl ich nur ein kurzes Stück Weges zurückzulegen hatte, schaltete ich die Fahrzeugbeleuchtung ein.

Der Hotelparkplatz war nicht sonderlich groß. Sechs Wagen paßten drauf.

Ich knipste die Strahler wieder aus, stieß den Wagenschlag auf und verließ den Bentley. Ich dachte an die drei Deutschen und hoffte, daß sie auf dem Schloß nicht voll auf ihre Gruselkosten gekommen waren, sonst würde ich sie kaum wiedersehen.

Eigentlich mußten sie sich längst auf dem Rückweg befinden. Möglicherweise trafen sie in Kürze hier ein.

Ich freute mich insgeheim auf ein Wiedersehen mit Lydia Groß. Das hübsche Mädchen hatte sehr viel Eindruck auf mich gemacht, und wenn es in meinem Leben nicht Jane Collins gegeben hätte, wäre aus dieser Begegnung gewiß mehr geworden.

Ich fühlte, daß Lydia nichts dagegen gehabt hätte.

Es hätte mir leid getan, wenn dem Mädchen auf dem Schloß das Grauen begegnet wäre.

Ich schloß den Bentley ab wie es sich gehört. Schließlich darf man Dieben die Arbeit nicht gar zu leicht machen.

Als ich den Schlüssel in meine Hosentasche versenkte, passierte es!

Ich nahm eine vage Bewegung wahr. Jemand flog an mich heran. Ein großer, dunkler Körper. Ein Schatten.

Ich wirbelte auf den Absätzen herum. Meine

Fäuste zuckten hoch. Doch ich war leider nicht schnell genug, obwohl ich sehr schnell reagiert hatte. Die Person ließ mir nicht die geringste Chance.

Eine Faust schnellte mir entgegen. Sie umklammerte einen harten Gegenstand, mit dem mein Kopf in derselben Sekunde Bekanntschaft machte.

Der Treffer schien unter meinen Füßen den Boden aufzureißen. Ich hatte plötzlich keinen Halt mehr. Ein heißer Schmerz explodierte hinter meiner Stirn. Ich merkte noch, daß ich umkippte.

Als mein Körper den Boden berührte, spürte ich bereits nichts mehr. Der Kerl, der mich hinterrücks überfallen hatte, hatte seine Aufgabe vorbildlich gelöst.

Ich hatte nicht die geringste Möglichkeit gehabt, den Angriff abzuwehren...

Zwei Stunden vorher...

Lydia Groß schluckte schwer. Ihre Nerven vibrierten, und sie bereute bereits, daß sie die Fahrt zum Schloß mitgemacht hatte.

Sie sah ein, daß es vernünftiger gewesen wäre, im Wirtshaus zu bleiben. Bei John Sinclair, diesem sympathischen Engländer, für den sie auf Anhieb mehr übrig gehabt hatte als für Harry Pallenberg und Claus- Dieter Krämer.

Als sie Sinclair zum erstenmal gesehen hatte, hatte es ihr förmlich einen Stich gegeben. Liebe auf den ersten Blick?

Lydia hatte davon immer nur gehört und gelesen. Daß es so etwas wirklich gibt, hatte sie aber eigentlich für ausgeschlossen gehalten.

Jedenfalls hatte sie sich immer für einen Typ

gehalten, der sich niemals Hals über Kopf verlieben kann.

So etwas kann dir nicht passieren, hatte sie stets gedacht. Und nun schien es doch geschehen zu sein.

Lydia war wegen dieses starken Gefühls ein bißchen erschrocken. Durfte sie denn so viel für einen Mann empfinden, den sie überhaupt nicht kannte?

War das nicht gefährlich? Für sie beide?

Während sich Lydia Groß in jenes Wirtshaus zurücksehnte, stand sie vor den hohen Mauern der unheimlichen Burg.

Das alte Bauwerk hatte nichts Einladendes an sich. Abweisend ragte es auf. Trotzig. Feindselig.

Im Schloßgraben schimmerte die Oberfläche eines stillen Wassers, das zum Teil mit Seerosen überwuchert war.

Aus jeder Fuge schien das Schloß den kalten Hauch des Grauens auszuatmen. Lydia wollte den Vorschlag machen, zum Wagen zurückzukehren und nach Swanage zurückzufahren.

Doch Harry Pallenberg sagte: »Ein prachtvoller Wohnsitz. Die Menschen in früherer Zeit verstanden es, zu residieren.« Er wies auf den hohen Wehrturm. »Wenn man dort oben steht, hat man bestimmt das Gefühl, man würde die ganze Gegend bis an den Horizont beherrschen.« Pallenberg setzte sich in Bewegung. Krämer ging mit ihm. Lydia blieb stehen. Pallenberg wandte den Kopf.

»Was ist, Lydia? Kommen Sie nicht mit?«

»Ich wäre dafür, daß wir umkehren«, sagte das

Mädchen.

»Unsinn. Es ist doch noch nicht mal gruselig.«

»Ich finde das Schloß unheimlich. Nicht nur das. Ich spüre die Gefahr, die hier auf uns lauert.«

Pallenberg lächelte sorglos. »Müßten wir in diesem Fall nicht ebenfalls etwas fühlen?«

»Vielleicht verfüge ich über die bessere Antenne für Gefahren«, sagte Lydia.

»Ich sage Ihnen, Sie brauchen nicht die geringste Angst zu haben, solange Sie sich in unserer Begleitung befinden. Es kann Ihnen nichts geschehen. Dafür verbürge ich mich. Krämer und ich würden jeden windelweich schlagen, der es wagen sollte, Ihnen zu nahe zu treten. Nun kommen Sie schon. Seien Sie keine Spaßverderberin. Wir laufen einmal um das Schloß herum und kehren anschließend zu unserem Wagen zurück. Okay?«

Lydia seufzte.

Vielleicht hatte sie zuviel Angst. Aber sie war der Meinung, daß es besser war, zu vorsichtig zu sein, als so sorglos wie Harry Pallenberg zu sein.

Sie wäre lieber nicht mitgegangen.

Doch allein zurückbleiben kam für sie erst recht nicht in Frage. Da wollte sie den Rundgang schon lieber mitmachen.

Als sie zu Krämer und Pallenberg aufschloß, nickte Harry Pallenberg zufrieden. »So ist es richtig. Sie sind ein tapferes Mädchen.«

Ein schmaler Pfad führte den Schloßgraben entlang. Die drei Deutschen spiegelten sich auf der Wasseroberfläche.

Lydia Groß wagte kaum, einen Blick zur Burg hinüberzuwerfen. Sie zwang sich, in die andere

Richtung zu sehen.

Harry Pallenberg zeigte sich unwahrscheinlich begeistert von dem abschreckenden Bauwerk. »Ihr könnt sagen, was ihr wollt, das hat Atmosphäre!«

»Eine unheimliche noch dazu«, sagte Claus-Dieter Krämer.

»Wenn ich nicht im zwanzigsten Jahrhundert auf die Welt gekommen wäre, hätte ich wahrscheinlich auch in einem solchen Schloß gelebt«, sagte Pallenberg. »Das Schloß fasziniert mich. Ich fühle mich von ihm auf eine unerklärliche Weise angezogen.«

»Das Böse wohnt in ihm«, behauptete Lydia. Pallenberg winkte ab. »Das glaube ich nicht.«

»Oberinspektor Sinclair hat gesagt...«

»Sinclair wird sehr schnell erkennen, daß er es hier nur mit einer Legende zu tun hat, die von ängstlichen Menschen zu einer Schauergeschichte aufgebauscht wurde.«

Ein dumpfes Poltern war plötzlich zu hören. Lydia Groß zuckte heftig zusammen. Das Poltern wiederholte sich.

Lydia spürte, wie es ihr kalt über den Rücken rieselte. Sie biß sich nervös auf die Lippe.

»Was ist das?« fragte Krämer. Seine Augen verengten sich. Sein Gesicht nahm einen mißtrauischen, lauernden Ausdruck an.

Pallenberg hob die Schultern. »Irgendwo spielt der Wind mit einer Tür.« Es hörte sich jedesmal wie ein Schuß an, der in den unterirdischen Gewölben abgefeuert worden war.

Pallenberg griente. »Das wird dem Vampir

aber gar nicht gefallen. Da liegt er in seinem Sarg und macht sein Nickerchen – während irgendwo im Schloß eine Tür ununterbrochen knallt. Bestimmt würde er ganz gern aufstehen und die Tür festmachen, aber Vampire vertragen kein Tageslicht...«

Lydia schauderte. Sie bekam die Gänsehaut. »Hören Sie auf, so zu reden, Harry!«

Das Poltern hörte auf einmal schlagartig auf. Das erschreckte Lydia Groß beinahe noch mehr. Ihr furchtsamer Blick heftete sich auf Pallenbergs Gesicht.

»Hat er die Tür nun doch festgemacht? Ist Graf Morloff etwa lichtecht?«

»Harry!« preßte Lydia heiser hervor. »Wenn Sie noch so einen Scherz machen, kehre ich auf der Stelle um!«

»Lydia hat recht«, sagte Krämer. »Sie sollten mit Ihren makabren Witzen etwas sparsamer umgehen.«

»Okay, okay, ich entschuldige mich«, sagte Harry Pallenberg und ging weiter. Sie gelangten zu einer Zugbrücke.

Lydias Unruhe wuchs. Sie fühlte sich vom Schloß her beobachtet. Ihre unsteten Augen suchten die Fenster ab, doch nirgendwo war jemand zu sehen. Und doch mußte sich jemand im Schloß aufhalten.

Schließlich hatte das Poltern nicht von selbst aufhören können. Da hatte jemand Hand angelegt.

Damit Graf Morloffs Ruhe nicht gestört wurde? Lydias Kehle trocknete bei diesem Gedanken aus.

Harry Pallenberg betrat die Zugbrücke. Er überquerte den Schloßgraben. Lydia und Krämer blieben vor der Holzbrücke stehen.

Drüben angekommen, drehte sich Pallenberg um. »Was ist? Wollt ihr mich jetzt im Stiehl lassen?«

»Es ist gefährlich, das Schloß zu betreten!« rief Lydia über den Wassergraben.

»Es ist nicht einmal halb so gefährlich wie eine Fahrt mit dem Wagen durch Köln zur Stoßzeit.«

Pallenberg ging weiter.

»Wir können ihn nicht allein lassen«, sagte Krämer unangenehm berührt.

»Warum bleibt er denn nicht hier?« ärgerte sich Lydia.

»Ich hätte nicht gedacht, daß der Bursche so neugierig ist«, brummte Claus-Dieter Krämer. »Kommen Sie. Wenn wir beisammen bleiben, kann kaum etwas passieren. Nur wenn wir uns trennen, kann es für jeden einzelnen von uns gefährlich werden.«

»Wir haben dem Oberinspektor versprochen, vor Einbruch der Dunkelheit umzukehren.«

»Das werden wir. Bis dahin ist noch ein bißchen Zeit«, sagte Krämer. Mit gemischten Gefühlen überquerte er die Zugbrücke.

Sein Herz fing an, schneller zu schlagen. Er versuchte sich einzureden, daß er sich ohne Grund fürchtete.

Aber hatte ganz Swanage grundlos Angst? War der Oberinspektor von Scotland Yard ohne triftigen Grund hierhergekommen?

Das konnte sich Claus-Dieter Krämer nicht gut vorstellen.

Harry Pallenberg erwartete sie im Schatten einer hohen Mauer. Er lächelte zufrieden. »Es geht doch nichts über deutsche Kameradschaft«, sagte er. »Ich schlage vor, wir duzen uns. Immerhin macht dieses unheimliche Abenteuer aus uns eine eingeschworene Gemeinschaft. Einverstanden?«

Krämer zuckte mit den Schultern. »Ich hätte nichts dagegen.«

»Und Sie?« fragte Pallenberg das blonde Mädchen.

»Von mir aus«, antwortete Lydia, der die Angst deutlich ins Gesicht geschrieben stand.

»Wir werden heute abend im Wirtshaus auf unser Du anstoßen«, kündigte Pallenberg an.

Lydia kamen mehr und mehr Zweifel, daß sie heute abend im Wirtshaus von Swanage sein würden. Sie hatte das Gefühl, daß sie mit Harry und Claus-Dieter in eine unheimliche Falle getappt war, aus der es für sie kein Entrinnen mehr gab.

Pallenberg setzte seinen Weg fort. Er entdeckte eine offene Tür, die ins Schloß führte. »Nun seht euch das an«, rief er. »Daß es auf der Welt nicht nur ehrliche Menschen, sondern auch Diebe und Einbrecher gibt, scheint sich bis hierher noch nicht durchgesprochen zu haben.«

»Es hat ohnedies keiner den Mut, aufs Schloß zu kommen«, sagte Krämer. »Also ist es auch nicht nötig, alle Schotten dicht zu machen.«

»Nur wenige Verrückte verirren sich ab und zu hierher«, sagte Lydia Groß mit belegter Stimme.

Die Stille auf dem Schloß war bedrückend.

Mehr und mehr fühlte Lydia, daß jemand sie anstarrte.

Einige Male hatte sie sich blitzschnell umgedreht, hatte hinter sich jedoch niemanden entdecken können.

Das mußte aber noch lange nicht bedeuten, daß da auch tatsächlich niemand war.

Abermals überlief es das Mädchen eiskalt, als Harry Pallenberg unerschrocken auf die offene Tür zuging.

Er drückte sie ganz auf und blieb in ihrem Rahmen stehen. »Alle Mächte!« sagte er überwältigt. »Seht euch das mal an Lydia. Claus- Dieter!«

Lydia Groß und Claus-Dieter gesellten sich zu Pallenberg. Sie blickten in einen prunkvollen Saal, an dessen Stirnseite ein wertvoller Wandgobelin hing.

In der Mitte des Saales stand eine lange Tafel, um die zwölf Stühle mit vergoldeten Lehnen gruppiert waren.

Auf der Tafel brannten sieben Kerzen – und es war für drei Personen gedeckt. Als Lydia das sah, blieb ihr die Luft weg.

»Hat man Töne«, sagte Pallenberg beeindruckt.

»Man scheint uns erwartet zu haben«, sagte Claus-Dieter Krämer krächzend.

»Und man scheint zu wissen, daß ich einen Bärenhunger habe«, sagte Harry Pallenberg.

»Ich finde, es ist an der Zeit, umzukehren!« stieß Lydia heiser hervor.

»Willst du nicht wissen, was für leckere Speisen auf uns warten?« fragte Harry Pallenberg.

Lydia schüttelte wild den Kopf. »Ich war mit

einem Rundgang einverstanden, Harry. Ich bin sogar über die Zugbrücke gegangen, obwohl das schon nicht mehr zum Rundgang gehörte. Aber in dieses Schloß bringen mich keine zehn Pferde hinein!«

»Leg doch endlich deine dumme Furcht ab, Lydia. Du hast zwei kräftige Beschützer.«

»Darauf verlasse ich mich lieber nicht.«

»Hast du denn noch nicht gemerkt, daß dies hier ein Schloß wie jedes andere ist?«

»Das ist es eben nicht!« gab Lydia mit erhobener Stimme zurück.

»Deshalb werde ich umkehren, solange mir das noch möglich ist. Wenn ihr nicht mitkommen wollt... Ich kann euch nicht zwingen. Ich jedenfalls habe genug von dieser unheimlichen Burg. Mir reicht die Horrorexkursion.«

»Diese drei Gedecke sollten uns doch beweisen, daß wir hier willkommen sind, Lydia«, sagte Pallenberg. »Man ist gastfreundlich zu uns. Wer immer die Tafel für uns gedeckt hat... Wir dürfen ihn nicht vor den Kopf stoßen.«

»Ich setze keinen Fuß über diese Schwelle!« beharrte Lydia Groß. Sie blickte Pallenberg und Krämer fordernd an. »Kehrt ihr mit mir um, oder...«

»Schau, Lydia...«

»Dann eben nicht!« zischte das Mädchen, drehte sich abrupt um und lief zur Zugbrücke zurück.

Sie hastete am Schloßgraben entlang und fürchtete sich nun, da sie allein war, noch viel mehr. Im nahen Wald rauschte es geisterhaft.

Jedes Geräusch, das Lydia vernahm,

peitschte sie schneller vorwärts. Sie stolperte über einen aus dem Boden ragenden Stein, ruderte mit den Armen, verlor das Gleichgewicht und fiel.

Hart schlug sie auf dem Pfad auf.

Sie schrammte sich die Haut auf den Knien auf. Der Schmerz brannte wie Feuer. Lydia kämpfte sich hastig wieder auf die Beine und lief humpelnd weiter. Sie konnte sich dabei des Eindrucks nicht erwehren, daß ihr jemand folgte.

Ab und zu vermeinte sie das Knirschen eines Schrittes, das Knacken eines Zweiges zu hören. Ihr Pulsschlag beschleunigte.

Lydia lief, so schnell sie konnte. Immer wieder warf sie einen gehetzten Blick zurück. Ab und zu glaubte sie, eine vage Bewegung zwischen Büschen und Bäumen erkennen zu können.

Es konnte sich aber auch um eine Einbildung handeln. Trotz der schmerzenden Knie rannte das Mädchen schnell wie der Wind.

Endlich sah sie zwischen grünen Blättern das Weiß des Rovers schimmern. In gewisser Weise verkörperte der Wagen für Lydia einen Hort der Sicherheit.

Atemlos erreichte sie das Fahrzeug. Harry Pallenberg hatte den Wagen nicht abgeschlossen. Der Zündschlüssel steckte im Schloß.

Lydia riß die Tür auf und ließ sich ächzend in den Rover fallen. Sie verriegelte blitzschnell alle Türen.

Hastig wischte sie sich den Schweiß von der Stirn. Ihre zitternde Hand tastete nach dem Zündschlüssel.

Sie hatte nicht vor, ohne Harry und Claus-

Dieter abzufahren. Sie wollte lediglich den Motor starten, um das Gefühl zu haben, jederzeit davonrasen zu können, falls es nötig sein sollte.

Nervös drehte das Mädchen den Schlüssel. Der Anlasser mahlte. Aber der Motor sprang nicht an.

»Komm!« keuchte Lydia flehend. »Bitte, bitte, komm!«

Immer und immer wieder startete sie. Der Anlasser orgelte allmählich langsamer. Die Batterie wurde schwächer.

Lydia wußte, daß es vernünftig gewesen wäre, der Batterie eine Pause zu gönnen und unter der Motorhaube mal nach dem Rechten zu sehen.

Es konnte sich ein Kabel gelockert haben.

Aber für Lydia kam es nicht in Frage, den Wagen zu verlassen. In ihrer Aufregung startete sie so lange, bis die Batterie ihren Geist aufgab.

Als der Starter keinen Muckser mehr machte, schlug das Mädchen verzweifelt auf das Lenkrad. »Verdammt! Verdammt! Verdammt!« schrie sie.

Plötzlich hörte sie Schritte.

Ihr wurde angst und bange. Sie rutschte im Fahrersitz tief nach unten, hätte sich am liebsten im Fußraum verkrochen.

Doch diesmal war ihre Furcht unbegründet. Harry Pallenberg und Claus- Dieter Krämer traten aus dem Unterholz.

Lydia Groß versuchte sich zu beruhigen. Ihre Handflächen waren feucht. Sie spürte, wie ihre gestreßten Nerven flippten.

Sie öffnete die Wagentür und stieg aus. »Jetzt haben wir die Bescherung«, sagte das Mädchen vorwurfsvoll. »Der Rover springt nicht an.«

»Das gibt's doch nicht«, sagte Pallenberg. »Der Wagen ist ein Neunundsiebziger-Modell.«

Claus-Dieter Krämer kroch in das Fahrzeug und öffnete die Verriegelung der Motorhaube. Dann blickten sie zu dritt in den Motorraum, und keiner von ihnen konnte den Grund entdecken, weswegen der Rover-Motor nicht ansprang.

Pallenberg machte den Vorschlag, in das Schloß zu gehen und den Verwalter zu suchen. Der Mann würde ihnen sicherlich helfen.

Lydia war sofort dagegen.

»Was möchtest du denn tun?« fragte Harry Pallenberg. »Willst du etwa zu Fuß nach Swanage zurückgehen?«

»Dabei kämst du garantiert in die Dunkelheit«, sagte Claus-Dieter Krämer. »Der Verwalter kann uns vielleicht ein Fahrzeug leihen. Vielleicht schleppt er uns auch ab. Oder er versteht sogar mehr von Autos als wir.«

»Was wirklich kein Kunststück wäre«, sagte Pallenberg. »Wir haben davon nämlich keinen blassen Schimmer.«

Obwohl es Lydia nach wie vor widerstrebte, das Schloß zu betreten, mußte sie sich doch eingestehen, daß Harrys Idee nicht schlecht war.

In der Dunkelheit durch den unheimlichen Wald zu laufen war ja auch nicht gerade das reinste Vergnügen.

Es gelang Pallenberg, das Mädchen zu überreden, mitzukommen. Lydia warf die Rover-Tür zu und schloß sich Harry und Claus-Dieter an.

Als sie wenig später den prunkvollen Schloßsaal betraten, legte sich dem Mädchen ein schwerer Alpdruck auf die Brust.

Krämer schloß die Tür hinter sich. Für Lydia war das so, als wäre die Falle nun endgültig zugeschnappt.

Mit einemmal kam ihr der Verdacht, daß der Verwalter dieses unheimlichen Schlosses während ihrer Abwesenheit den Rover-Motor sabotiert hatte, damit sie nicht so schnell wieder von hier fortkamen.

Wenn der Mann tatsächlich seine Finger im Spiel gehabt hatte, dann hatten sie von ihm jetzt keine Hilfe zu erwarten.

Harry Pallenberg schritt mutig bis zur Saalmitte. »Hallo! Hallo!« rief er. Seine Stimme hallte gespenstisch durch das stille Schloß.

Knirschende Schritte waren mit einemmal zu vernehmen. Lydia, Harry und Claus-Dieter blickten alle in dieselbe Richtung.

Lydia drängte sich zitternd an Claus-Dieter. Er legte seinen Arm um ihre Schultern und raunte: »Hab keine Angst. Du stehst unter meinem persönlichen Schutz. Niemand darf dir etwas antun.«

Die Schritte wurden lauter.

Und dann schob sich ein massiger schwarzer Schatten über die Wand. Lydia fuhr sich an die bebenden Lippen.

Sie wagte keinen Atemzug mehr zu tun. Gebannt starrte sie auf den Schatten, dem die mächtige Gestalt eines Mannes folgte.

Lydia hatte das Gefühl, Eiswasser würde in diesem Moment durch ihre Adern fließen. Sie sah den Mann, der ihnen entgegentrat, nicht zum erstenmal. Sie erkannte ihn sofort wieder.

Das war der Kerl, der sich im Wirtshaus selbst

bedient hatte, als habe er da alle Rechte. Das abstoßende Gesicht würde Lydia wohl nicht so bald wieder vergessen.

Sie erschrak, als sie das böse Feuer in seinen tiefliegenden Augen sah. Von diesem kräftigen Mann war keine Hilfe zu erwarten, das spürte Lydia sofort.

Eher das Gegenteil.

Er schien in ihnen Feinde zu sehen. Bestimmt haßte er sie auch.

Harry Pallenberg räusperte sich verlegen. »Verzeihen Sie, wenn wir hier so einfach eindringen, Sir, aber wir sind von diesem Schloß fasziniert...«

»Ich heiße Sie herzlich willkommen«, sagte der Mann. Es klang wie eine Kriegserklärung.

»Sehr liebenswürdig, Sir.«

»Ich bin Garco, der Verwalter dieses Schlosses.«

»Angenehm. Mein Name ist Harry Pallenberg...« Der Deutsche stellte Lydia und Claus-Dieter vor und sagte, daß sie ein kleines Problem hätten, ihr Wagen würde nicht anspringen.

Garco versprach, zu helfen.

»Aber zuerst müssen Sie essen«, sagte er und wies auf die gedeckte Tafel.

»Sie scheinen uns erwartet zu haben«, sagte Harry Pallenberg.

»Nun ja, als ich Sie vor dem Schloß ankommen sah, legte ich die Gedecke auf. Mein Herr ist zwar schon seit vielen Jahren tot, aber bevor er starb, trug er mir auf, jeden Gast, der auf sein Schloß kommt, reichlich zu bewirten.«

Harry Pallenberg rieb sich erfreut die Hände. »Das hört man gern, und es trifft sich gut, denn ich habe bereits einen Bärenhunger.«

»Das freut mich«, sagte Garco. Sein feindseliger Blick streifte Lydia und Claus-Dieter. »Dann darf ich die Speisen jetzt auftragen.«

»Ich bitte darum«, sagte Harry. Garco entfernte sich.

»Setzt euch«, sagte Pallenberg. »Nun seid nicht so ängstlich. Nehmt Platz. Ihr könnt diesem einsamen Mann doch keinen Korb geben.« Krämer schluckte. »Einen Blick hat der. Der geht einem durch und durch.«

»Ich bringe keinen Bissen hinunter«, sagte Lydia leise. »Garco ist unser Feind. Ist euch das nicht aufgefallen?«

»Wenn er das wirklich wäre, würde er uns wohl kaum bewirten«, widersprach Harry Pallenberg. »Ihr müßt bedenken, er lebt seit vielen Jahren allein in diesem Schloß. Die Einsamkeit hat ihn sonderbar gemacht. Aber Gefahr droht uns von ihm bestimmt nicht.«

»Pst!« machte Krämer. »Er kommt.« Sie setzten sich. Garco servierte die Suppe. Harry Pallenberg kostete sie und meinte, sie schmecke ausgezeichnet.

Dann lachte er. »Nun sehen Sie sich einmal die Trauermienen meiner Freunde an, Mr. Garco. Die tun so, als ob das ihre Henkersmahlzeit wäre. Sagen *Sie* ihnen doch, daß sie auf diesem Schloß nichts zu befürchten haben. Mir glauben sie's nämlich nicht. Sie haben Angst, weil ein Fluch auf dem Schloß lasten soll.«

Garco schüttelte den Kopf. »Ein dummer

Aberglaube. Ein Gerücht, das jeder Grundlage entbehrt. Die Menschen in Swanage sind einfältig. Sie lieben es, sich Geistergeschichten zu erzählen. Einem von ihnen fiel es vor vielen Jahren ein, Graf Morloff als einen blutgierigen Vampir zu schildern. Das Spukmärchen hat sich bis in die heutige Zeit gehalten. Doch nichts davon ist wahr. Glauben Sie mir, der Graf starb eines ganz natürlichen Todes. Er wurde in der Schloßgruft beigesetzt und hat diese seither nicht mehr verlassen.«

»Na also«, sagte Pallenberg zufrieden. »Da hört ihr's. Fühlt ihr euch nun besser?«

Nach der Suppe brachte Garco einen getrüffelten Fasan. Harry Pallenberg langte tüchtig zu. Er war voll des Lobes über Carcos Kochkünste.

Beunruhigt beobachtete Lydia, wie die Schatten draußen vor dem Schloß immer länger wurden.

Es wäre hoch an der Zeit gewesen, aufzubrechen. Doch Harry Pallenberg sah dazu keine Veranlassung.

Er fühlte sich pudelwohl und brannte sich an einer der sieben Kerzen eine dicke Zigarre an, die ihm Garco angeboten hatte.

Claus-Dieter Krämer hatte während des Essens dem starken Rotwein tüchtig zugesprochen. Der Alkohol hatte ihm viel von seiner Angst genommen.

Auch er sah keine Notwendigkeit mehr, das Schloß fluchtartig zu verlassen. Mehr und mehr rang er sich zu der Überzeugung durch, daß für sie ein Aufenthalt auf dem Schloß ganz und gar ungefährlich war.

Als Garco ihn bat, mitzukommen, weil er die Hilfe eines kräftigen Mannes nötig hatte, erhob sich Krämer mit stolzgeschwellter Brust.

»Bin gleich wieder hier«, sagte er zu Lydia und Harry. »Bleibt inzwischen schön artig, verstanden?«

Lydia hatte eine beklemmende Vorahnung. Sie wollte Krämer raten, nicht fortzugehen, doch sie unterließ es, weil Claus-Dieter ohnedies nicht auf sie gehört hätte.

Vermutlich hätten er und Harry Pallenberg sie nur ausgelacht, und das wollte sie sich ersparen; aber instinktiv spürte sie, daß Claus-Dieter Krämer nun in sein Verderben lief.

Garco ging voraus.

Krämer folgte ihm. Er war leicht beschwipst und gab sich Mühe, sich das nicht anmerken zu lassen.

Vor einer massiven Eichentür blieb Garco stehen. Er öffnete die Tür, trat ein. Auch Krämer betrat den Raum.

Garco wies auf eine große Truhe. »Ich möchte sie in einen anderen Raum bringen, schaffe das aber nicht allein.«

»Das werden wir gleich haben«, sagte Krämer. Er spuckte sich in die Hände, begab sich zur Truhe, bückte sich und packte den Griff.

Mit zwei schnellen Schritten war Garco bei ihm. Krämer sah nicht, was mit ihm geschehen sollte.

Garco hatte seine riesigen Hände zusammengelegt. Sie bildeten eine Faust, die so groß wie Krämers Kopf war.

Kraftvoll schlug der Schloßverwalter zu. Claus-Dieter Krämer brach wie vom Blitz getroffen zusammen.

Über Garcos abstoßendes Gesicht huschte ein gemeines Grinsen. Er bückte sich, faßte nach den Beinen des Bewußtlosen, schleppte ihn quer durch den Raum, schlug einen Teppich beiseite, öffnete eine Falltür und gab Krämer einen derben Fußtritt.

Der Ohnmächtige plumpste in die schwarze Tiefe.

Der landete direkt neben dem steinernen Sarkophag des Grafen Morloff.

Mein Schädel brummte. Bei einem Formel-1-Rennen auf dem Nürburgring konnte es nicht lauter zugehen.

Mit geschlossenen Augen versuchte ich mich zu sammeln. Das war gar nicht so leicht bei diesem entsetzlichen Lärm.

Zwischen meinen Schläfen hämmerte ein unangenehmer Schmerz. Das war ein Gefühl, als würde jemand meine Gehirnwindungen mit glühenden Nadeln spicken. Übelkeit würgte mich.

Ich hatte arge Gleichgewichtsstörungen, wußte nicht einmal mit Sicherheit, wo oben und unten war.

Gedankenbruchstücke wirbelten durch mein Gedächtnis. Ich versuchte sie festzuhalten. Swanage... Lydia... Wirtshaus... Bentley... Schatten... Meine Lider schienen schwer wie Blei zu sein. Es kostete mich sehr viel Kraft, sie zu heben.

Verwundert stellte ich fest, daß ich nicht neben meinem Bentley auf dem Hotelparkplatz lag.

Ich lag nirgendwo.

Ich stand. Und zwar mitten im Wald. Über mir rauschten schwarze Wipfel. Die Dämmerung war der Dunkelheit gewichen.

Ich hatte keine Ahnung, wie lange ich ohnmächtig gewesen war. Eine Stunde? Kürzer? Länger? Ich wußte es nicht.

Daß ich nicht auf dem Boden lag, hatte seinen Grund. Derjenige, der auf dem Parkplatz über mich hergefallen war, hatte mich anschließend in diesen Wald geschleppt und hier an einen Baum gebunden.

Ich fragte mich, aus welchem Grund der Bursche das getan hatte, konnte mir im Moment darauf jedoch keine Antwort geben.

Ich bin zwar bei weitem kein Entfesselungskünstler, aber als Yard- Beamter habe ich doch so einige Tricks gelernt, mit denen hin und wieder Fesseln zu überlisten waren.

Ich begann sofort mit der Arbeit.

Der Lärm in meinem Kopf nahm langsam ab. Die Übelkeit dämmte sich ein. Ich kam zu neuen Kräften, die ich dazu verwendete, um mich so rasch wie möglich der Fesseln zu entledigen.

Geisterhafte Geräusche flogen durch den Wald.

Die Natur kam nicht zur Ruhe. Unheimlich schrie irgendwo ein Käuzchen. Ich hörte Flügelschläge.

Und plötzlich fiel mir dazu ein Name ein: Graf Morloff!

Schaudernd überdachte ich meine Situation. Anfangs hatte ich es für sinnlos gehalten, daß mich jemand hier im Wald an einen Baum gefesselt hatte.

Doch nun erkannte ich, daß das gar nicht so sinnlos war, wie es den Anschein hatte. Der Kerl, der mich niedergeschlagen hatte, verfolgte damit einen ganz bestimmten Zweck.

Ich sollte dem Vampir vorgeworfen werden.

Und wieder hörte ich diese flappernden Flügelschläge. Mir war, als hätte mir jemand eiskaltes Wasser über den Kopf geschüttet.

Kam bereits der Vampir, um mir seine dolchartigen Zähne in die Kehle zu schlagen und mein Blut zu trinken?

Mein Mund trocknete aus.

Schlich das blutrünstige Schattenwesen hier irgendwo durch die Dunkelheit? Wenn er jetzt an mich herantrat, war ich unweigerlich verloren.

Es wäre mir unmöglich gewesen, seinen Angriff abzuwehren. Ich wäre für ihn eine leichte, sichere Beute gewesen.

Da knackte plötzlich ein Ast, und mir stockte der Atem…

Der Vampir erwachte.

Er riß die Augen auf und spürte sofort die Nähe eines Opfers. Noch lag er in seinem steinernen Sarkophag. Doch seine Gier nach Blut drängte ihn, den steinernen Schrein, in dem er die Tage verbringen mußte, zu verlassen.

Langsam hob er die Hände.

Seine Finger krallten sich um den Sarkophagrand. Totenfinger waren es.

An einem davon trug der Blutsauger einen kantigen Siegelring, der das Wappen der Morloffs zeigte.

Der Untote vernahm ein leises Ächzen.

Sein bleiches Gesicht nahm einen grausamen Ausdruck an. Das Opfer regte sich. Graf Morloff störte das nicht. Für den Menschen, der sich in seiner Gruft aufhielt, gab es kein Entrinnen mehr.

Claus-Dieter Krämer massierte seinen schmerzenden Kopf. Er lag auf dem glatten, kalten Marmorboden und hatte das Gefühl, sich sämtliche Knochen gebrochen zu haben.

Benommen fragte er sich, wo er sich befand.

Lydia und Harry fielen ihm ein. Er erinnerte sich, mit ihnen gegessen und getrunken zu haben. Vor allem getrunken...

Und dann hatte ihn Garco gebeten, ihm zu helfen. Nach dem großartigen Mahl hatte sich Krämer geradezu verpflichtet gefühlt, mit Garco zu gehen.

Aber Garco hatte seine Hilfe nicht gebraucht. Er hatte ihn lediglich von den andern fortgelockt, um ihn ohne deren Wissen ausschalten zu können.

Und nun lag er hier in dieser Finsternis...

Claus-Dieter Krämer stutzte. War da nicht eben ein leises Geräusch in der Dunkelheit gewesen? Hatte sich nicht soeben jemand bewegt?

Krämer erhob sich. »Ist da jemand?« flüsterte er.

Seine Stimme geisterte durch den Raum. Doch niemand antwortete ihm. Er tastete sich nervös durch die Dunkelheit. Mit dem Fuß stieß er gegen eine Stufe. Er blieb stehen, faßte in die Hosentasche, holte sein Gasfeuerzeug hervor und schluckte es an.

Da traf ihn der Schock mit der Wucht eines Keulenschlages.

Er stieß einen heiseren Schrei aus und torkelte zurück. Sein Blick war auf einen grauen Sarkophag gefallen.

Der steinerne Totenbehälter verfügte über keinen Deckel.

Bleiche Hände klammerten sich an den Rand, und die in den Stein gemeißelte Inschrift bekundete, daß dies die letzte Ruhestätte von Graf Morloff war.

Claus-Dieter Krämer war schlagartig stocknüchtern.

Entsetzt wich er vor dem Sarkophag zurück. Im gleichen Augenblick richtete sich der unheimliche Blutsauger auf.

Eine erschreckende Gier nach Blut funkelte in seinen dunkelrot geäderten Augen. Das blasse Gesicht des Untoten drückte eine unvorstellbare Grausamkeit aus.

Claus-Dieter Krämer starrte das Scheusal entsetzt an. Es stimmte also doch, was die Leute erzählten.

Garco hatte gelogen!

Es gab ihn wirklich, diesen schrecklichen Blutgrafen, der mit seinem tödlichen Biß den Keim des Bösen in seine Opfer pflanzte, damit auch sie zu Schattenwesen wurden – genau wie er.

Krämer schüttelte verzweifelt den Kopf. »Nein!« preßte er verstört hervor. »Nein!«

Der Vampir verließ den Sarkophag. Hoch aufgerichtet stand er da. Sein schwarzer Umhang, der innen blutrot gefüttert war, reichte bis auf den Marmorboden hinab.

Graf Morloff hatte etwas Majestätisches an sich. Sein Kopf war schmal. Er trug ihn hoch erhoben. Dünne Silberfäden durchzogen sein schwarzes Haar an den Schläfen.

Sein Blick hatte eine starke hypnotische Kraft, der sich Claus-Dieter Krämer kaum noch entziehen konnte.

Der Vampir lächelte grausam.

Dabei schob sich seine harte Oberlippe nach oben. Deutlich waren die langen Zähne des Blutsaugers zu sehen.

In Krämers Brust rumorte sein Herz. Er dachte, jeden Moment müsse ihn der Schlag treffen, so wahnsinnig aufgeregt war er.

Morloff schritt ohne Eile die drei Stufen hinunter, die zum Sarkophag hinaufführten.

Claus-Dieter Krämer hatte in seinem ganzen Leben noch nie so viel Angst gehabt. »Harry! Helft mir!« brüllte er. »Helft mir! Zu Hilfe! Lydia! Harry!«

Niemand schien ihn zu hören.

Der Vampir ließ ein hungriges Fauchen hören. Krämer fuchtelte wild mit den Armen durch die Luft.

»Weg!« schrie er. »Bleib mir vom Leib, du Teufel! Laß mich in Ruhe!« Der Mund des Vampirs öffnete sich. In seiner panischen Furcht versuchte Krämer, den Vampir zu attackieren.

Er warf sich auf den Untoten. Das Feuerzeug entfiel ihm, es erlosch, aber es wurde dadurch nicht ganz dunkel in der Gruft.

Die unheimliche Aura, die den Vampir umgab, erhellte die Finsternis auf eine rätselhafte Weise.

Krämers Fäuste sausten auf das bleiche Gesicht des Blutsaugers zu. Doch der Blutgraf wich den Hieben blitzschnell aus.

Die Fäuste des Opfers verfehlten ihr Ziel. Und dann packte Graf Morloff zu. Mit einer Hand nur. Eiskalt war sie. Die Finger umschlossen die Kehle des Deutschen.

Augenblicklich bekam Krämer keine Luft mehr.

Sein Gesicht verzerrte sich in wilder Panik. Er versuchte sich von dem schrecklichen Würgegriff des Unheimlichen zu befreien.

Die Atemnot machte ihn hysterisch.

Wie von Sinnen schlug er um sich. Er trat nach dem Vampir, doch Morloff ließ sein Opfer nicht mehr los.

Claus-Dieter Krämer drohten die Sinne zu schwinden.

Nur das nicht! schrie es in ihm, denn ihm war klar, daß er verloren war, wenn er jetzt neuerlich sein Bewußtsein verlor. Aber konnte er das denn noch verhindern?

Er merkte, wie das Gesicht des Blutgrafen vor seinen Augen verschwamm. Er sah, wie dieses bleiche Gesicht sich ihm näherte.

Er erkannte die gefährlichen Vampirzähne, die ihn das Leben kosten würden, wenn nicht noch ein Wunder geschah.

In seiner rasenden Todesangst mobilisierte Claus-Dieter Krämer noch einmal alle seine Kräfte, und es gelang ihm – was er kaum noch für möglich gehalten hätte –, freizukommen.

Der Blutsauger stieß ein ärgerliches Fauchen aus.

Krämer kreiselte herum. Mit langen Sätzen hetzte er durch die Gruft. Der Vampir verlor die Geduld. Seine Blutgier trieb ihn hinter dem Opfer her. Er holte den Deutschen schon nach wenigen Schritten ein.

Sein Faustschlag warf Claus-Dieter Krämer nieder.

Der Mann rutschte zwei Yards über den glatten Marmorboden. Ehe sich Graf Morloff jedoch auf ihn stürzen konnte, gelang es ihm wieder auf die Beine zu kommen und die Flucht fortzusetzen.

Eine Treppe.

Morloff schnitt seinem Opfer den Weg dorthin ab.

»Harry!« brüllte Krämer wieder. »Lydia!«

Mit dämonisch funkelnden Augen näherte sich der Vampir dem Verzweifelten. Zitternd wich Krämer zurück. Er war mit seinen Kräften am Ende.

Graf Morloff trieb ihn mehr und mehr in die Enge.

Das Schicksal des Deutschen schien endgültig besiegelt zu sein…

John Sinclair – das Vampirfutter!

Ich kann manchmal zwar ziemlich abgebrüht sein, aber bei diesem Gedanken bekam ich doch die Gänsehaut.

Ich hatte schon oft mit Blutsaugern zu tun. Einmal war es sogar Draculas Neffe Kalurac gewesen, den ich im Zweikampf getötet hatte. Kurz darauf hatte ich in New York eine Auseinandersetzung mit diesen schrecklichen Schattenwesen, und wenig später kämpften Suko und ich in den Everglades von Florida gegen den Vampir Zubin Zagarro. Und dann hatten wir es mit einem Vampir zu tun, der in Hongkong herrschte und sich der Gelbe Satan nannte…

Es war mir immer wieder gelungen, diese gefährlichen Bestien zu besiegen. Doch nun schien es mir an den Kragen zu gehen, denn ich war gefesselt und war somit nicht in der Lage, mich zu verteidigen.

Schaudernd dachte ich daran, was aus mir werden würde.

Graf Morloff würde auch aus mir ein blutrünstiges Schattenwesen machen. Er konnte mir nichts Schrecklicheres als das antun.

Ich, ein Mann, der sein Leben dem Kampf gegen die Ausgeburten der Hölle gewidmet hatte, sollte selbst zur Bestie werden.

Der Gedanke allein war mir unerträglich.

Wie von Sinnen kämpfte ich um meine Freiheit. Ich spannte meine Muskeln an, um die Fesseln zu dehnen.

Die Anstrengung verzerrte mein Gesicht, als ich mich aufbäumte und vom Stamm wegdrückte. Nichts ließ ich unversucht.

Es mußte mir gelingen, freizukommen.

Wenn mir das nicht gelang, war es vorbei mit John Sinclair, dem Geisterjäger!

Ich schaffte es, die Fesseln um wenige Millimeter zu lockern. Sie saßen nicht mehr ganz so fest. Aber Grund zum Jubeln hatte ich deswegen noch lange keinen.

In der undurchdringlichen Dunkelheit des Waldes brach ein Ast. Es hörte sich wie ein Startschuß für den Vampir an.

Beunruhigt starrte ich in die Finsternis hinein, doch ich konnte niemanden entdecken. Natürlich mußte dieses Geräusch nicht unbedingt Graf

Morloff verursacht haben, aber es bestand durchaus die Möglichkeit, daß er es gewesen war.

Ich war fast sicher, daß er früher oder später auf seinem nächtlichen Streifzug hier vorbeikommen würde.

Sonst hätte man mich nicht gerade an diesen Baum gebunden. Hier führte Morloffs Weg vorbei!

Ich atmete tief aus. Dadurch erreichte ich, daß die Stricke, die um meinen Körper geschlungen waren, leicht durchhingen.

Mühsam schaffte ich es, meinen rechten Arm freizubekommen. Mir war, als würde mein Herz hoch oben im Hals schlagen.

Endlich war ich so gut wie frei.

Der Rest war nur noch ein Kinderspiel. Ich streifte nach und nach sämtliche Fesseln ab und massierte dann meine tauben Gelenke.

Da vernahm ich wieder ein leises Knacken. Meine Augen bohrten sich in die Dunkelheit. Niemand war zu sehen. Aber mit einemmal glaubte ich, die Nähe des Unholds fühlen zu können.

Meine Hand zuckte zur Beretta, die in der Schulterhalfter steckte. Ich atmete erleichtert auf, als ich den Kolben mit den Fingern berührte. Der Kerl, der mich niedergeschlagen hatte, dachte bestimmt, daß ich mit meiner Kanone keinen Schaden mehr anrichten konnte.

Deshalb hatte er sie mir gelassen. Ich dankte ihm im Geist dafür und zog die Waffe. Sie vermittelte mir ein gutes Gefühl.

Kein Vampir ist in der Lage, geweihtes Silber zu verdauen, wenn man es ihm in den Leib schießt. Ein Treffer hätte auch Graf Morloff zur Strecke gebracht. Er wäre zu Staub zerfallen. Binnen Sekunden.

Knacks!

Ich wirbelte herum. Zwischen alten, dickstämmigen Bäumen schien eine Gestalt durch die Schwärze der Nacht zu huschen.

Es konnte sich aber auch um eine Einbildung handeln. Ich *wollte* jemanden sehen. Hatte ich deshalb die phantomhafte Erscheinung erblickt?

Reglos stand ich da. Meine Nerven fingen leicht zu vibrieren an. Es wäre zu schön gewesen, um wahr zu sein, wenn es mir gelungen wäre, dem Vampirspuk von Swanage gleich in der ersten Nacht ein Ende zu bereiten.

Im allgemeinen ließ mich die höllische Gegenseite nicht so schnell zum Erfolg kommen. Hin und wieder machten mir die Wesen aus dem Schattenreich das Leben sogar mehr als sauer.

Ich wartete.

Doch nichts geschah. Das Phantom ließ sich nicht mehr blicken. Es gab kein verräterisches Geräusch mehr.

Trotz des Mißtrauens, das ich diesem gläsernen Frieden entgegenbrachte, entspannte ich mich langsam wieder.

Ich überlegte, ob es einen Sinn hatte, hierzubleiben und auf den Vampir zu warten, oder ob es vernünftiger war, nach Swanage zurückzukehren. Ich entschied mich für letzteres, denn ich wußte nicht, wann der Blutsauger sich hier zeigen würde. Das konnte bis zum Morgengrauen dauern, und so lange wollte ich nicht untätig bleiben.

Also machte ich mich auf die Suche nach

einer Straße, die nach Swanage zurückführte. Ich stolperte über den unebenen Waldboden.

Farne und dorniges Gezweig verfingen sich um meine Beine. Wurzeln, die ich nicht sehen konnte, brachten mich mehrmals aus dem Gleichgewicht.

Ich fing mich aber immer wieder, blieb ab und zu kurz stehen, um zu lauschen, setzte meinen Weg fort.

Plötzlich wischte ein heller Lichtfinger durch die Dunkelheit. Ich vernahm das gedämpfte Brummen eines Automotors.

Dort vorn mußte eine Straße sein.

Das Scheinwerferlicht sägte waagrecht durch den Wald, änderte die Richtung. Folglich mußte sich in der Richtung, in die ich unterwegs war, eine Straßenbiegung befinden.

Die Lichter entfernten sich. Das Motorengeräusch wurde leiser. Es war wieder dunkel und still.

Wirklich still?

Ich wurde das Gefühl nicht los, daß mich jemand belauerte und verfolgte. Mein sechster Sinn sagte mir, daß jemand hinter mir her war, aber wenn ich stehenblieb und lauschte, konnte ich nicht das geringste Geräusch hören.

Saßen meine überreizten Nerven einem Irrtum auf? Das konnte ich mir nicht vorstellen. Bisher hatte meine innere Alarmanlage stets ausgezeichnet funktioniert.

Es war nicht mehr weit bis zur Straßenkurve.

Zehn Yards davor ragten dichte Haselnußsträucher auf. Ich umging sie. Und auf einmal gab es für mich keinen Zweifel mehr, daß ich jemanden auf meinen Fersen hatte.

Ich hörte ein hungriges, angriffslustiges Fauchen!

Wie von der Natter gebissen, drehte ich mich um. Meine Silberkugel-Beretta schwang mit. Neben einem Baumstamm schimmerte mir das bleiche Antlitz eines Untoten entgegen.

Er hatte zwingende Augen, die rot geädert waren. Grausam war seine Miene. Eine unbeschreibliche Blutgier schimmerte in seinem Blick.

Ich zielte. Schoß.

Doch der Vampir brachte sich blitzschnell in Sicherheit. Er zuckte hinter den Baumstamm. Es knisterte und knackte.

Der Unhold wechselte im Schutze der Dunkelheit die Position. Ich ortete ihn mit meinem Gehör, richtete die Beretta dorthin, wo ich den Blutsauger vermutete und drückte ab.

Viermal schoß ich.

Laut hallte das Krachen durch den Wald. Auch ich blieb nicht da stehen, wo mich der Vampir gesehen hatte.

Ich versuchte näher an ihn heranzukommen, und es schien mir auch zu gelingen. Sein Fauchen verriet ihn.

Ich pirschte an ihn heran. Vor mir ragte eine alte Eiche auf. Ich vermutete den Blutsauger dahinter.

Langsam setzte sich einen Fuß vor den anderen. Ich war bestrebt, kein Geräusch zu verursachen. Ich wollte meinen gefährlichen Gegner überraschen.

Drei Schritte noch bis zur Eiche.

Ich spannte die Muskeln. Der nächste Schuß mußte sitzen. Ich konnte es mir nicht leisten, den Vampir zu verfehlen, denn dann würde die Bestie ihre Chance wahrnehmen und ungestüm über mich herfallen.

Zwei Schritte.

Ich hob die Beretta. Eigentlich hasse ich Situationen wie diese, aber ich werde von den Sendboten der Hölle immer wieder gezwungen, von meiner Waffe Gebrauch zu machen.

Dabei bin ich alles andere als ein schießwütiger Typ. Ein Schritt...

Jetzt katapultierte ich mich nach vorn. Doch dann erlebte nicht der Vampir, sondern ich eine unliebsame Überraschung.

Der verdammte Blutsauger stand nicht hinter der Eiche. Er saß über mir auf einem Ast, und bevor ich ihn dort oben entdeckte, sprang er herunter. Hart prallten unsere Körper gegeneinander.

Mir entfiel die Beretta. Der Untote riß mich zu Boden. Er war ungemein kräftig. Die Hölle stärkte ihn.

Seine harten, kalten Hände fanden meine Kehle.

Er drückte zu. Mir blieb die Luft weg. Mein Hals schmerzte. Ich schmetterte ihm meine Faust ins bleiche Gesicht.

Er zeigte keine Wirkung.

Seine blutleeren Lippen schoben sich auseinander. Die gefährlichen Vampirzähne blitzten über mir.

Langsam beugte sich das Schattenwesen zu mir herab.

Es sah schlecht für mich aus. Der Blutgraf

preßte mich fest auf den Waldboden nieder. Ich schaffte es nicht, mich aufzubäumen.

Aber es gelang mir, das rechte Bein anzuziehen, den Fuß gegen den Körper des Vampirs zu stemmen und ihn kraftvoll zurückzustoßen.

Ich bekam wieder Luft.

Gierig pumpte ich meine Lungen mit Sauerstoff voll. Dann schnellte ich auf die Beine. Der Blutsauger wollte sich erneut auf mich stürzen.

Doch plötzlich stutzte er. Etwas irritierte ihn.

Jetzt hörte ich es auch. Das Brummen eines näherkommenden Autos. Scheinwerferlicht traf den Unhold in der nächsten Sekunde voll.

Ich erkannte jede Einzelheit seines abscheulichen Gesichts. Er riß die Arme hoch. Der grelle Schein tat seinen an die Dunkelheit gewöhnten Augen nicht gut. Er wich mehrere Schritte zurück, wirbelte dann herum und war im nächsten Moment wie vom Erdboden verschwunden.

Neben meinem Fuß schimmerte die Beretta. Ich bückte mich und hob sie auf.

Dann wandte ich mich dem näherkommenden Wagen zu und trat aus dem Wald auf die Straße. Der Mann am Steuer bewies sehr viel Mut, als er auf die Bremse trat. Immerhin konnte er nicht wissen, was mit mir los war.

Ich konnte ein Vampir sein.

Der Wagen, ein schwarzer Austin, blieb am Scheitelpunkt der Kurve stehen. Ich hatte kurz zuvor meine Pistole in die Schulterhalfter zurückgesteckt, um den Fahrer nicht zu erschrecken.

»Kann ich etwas für Sie tun, Sir?« fragte mich eine kräftige Stimme. Ich konnte den Mann nicht sehen. Die Scheinwerfer blendeten mich.

»Fahren Sie nach Swanage?« wollte ich wissen.

»Allerdings.«

»Nehmen Sie mich mit?«

»Das kommt ganz darauf an...«

»Worauf?«

»Würden Sie mal die Hände hochheben?«

»Wozu?« fragte ich.

»Wenn Sie's nicht tun, setze ich die Fahrt ohne Sie fort«, sagte der Unbekannte.

Ich hob die Hände, regte mich nicht. Der Mann öffnete den Wagenschlag. Er stieg aus dem Fahrzeug. Ich hörte seine Schritte.

Und dann tauchte seine rechte Hand im Scheinwerferlicht auf. Die Hand hielt mir ein hölzernes Kruzifix entgegen.

Als ich darauf nicht mit panischem Entsetzen reagierte, trat der Mann ins Licht und sagte: »Entschuldigen Sie mein sonderbares Benehmen.«

»Sie haben mich getestet.«

»Stimmt«, sagte der Mann. Er war so groß wie ich und hatte in hartes Gesicht, in das die gutmütigen Augen nicht paßten.

»Ich besitze keine langen Eckzähne«, sagte ich lächelnd.

»Darüber bin ich froh«, erwiderte der Fremde. »Es ist ziemlich gefährlich, nachts allein durch diesen Wald zu streifen. Hat Ihnen das niemand gesagt?«

»Ich habe diesen Ausflug nicht freiwillig unternommen«, gab ich zurück und erzählte dem Mann, wie es dazu gekommen war, daß ich mich um diese Zeit im Wald herumtrieb.

Als ich erwähnte, daß ich vor wenigen Augenblicken Graf Morloff begegnet war, stieß der Unbekannte die Luft geräuschvoll aus.

»Und das haben Sie überlebt?« sagte er beeindruckt. »Mann, da hatten Sie aber verdammt viel Glück.«

»Ihr Scheinwerferlicht hat ihn verscheucht.«

Der Fremde blickte sich suchend um. »Kann sein, daß er hier noch irgendwo auf der Lauer liegt. Steigen Sie ein. Ich bringe Sie nach Swanage zurück. Ich bin übrigens Inspektor Delmer Charisse.«

Ich grinste breit. »Angenehm«, sagte ich und reichte dem Inspektor die Hand. »Ich bin Oberinspektor John Sinclair.«

Charisses Augen weiteten sich. »Der von Scotland Yard? Der Geisterjäger?«

Ich nickte. »Genau der.«

Delmer Charisse schüttelte erfreut meine Hand. »Noch nie war mir jemand so sehr willkommen wie Sie, Oberinspektor.«

Ich stieg in Charisses Wagen. Der Inspektor setzte die Fahrt fort. Er hatte privat in Dorchester zu tun gehabt. Deshalb hatte ich ihn zu Hause nicht angetroffen.

Delmer Charisse freute sich ehrlich darüber, daß ich so schnell nach Swanage gekommen war.

»Wir haben hier dringend die Hilfe eines Fachmannes nötig«, sagte er grimmig. »Viele Jahre war Ruhe in unserem Ort. Die Menschen waren fröhlich und hatten keine Angst. Wir alle glaubten schon, Graf Morloff habe sein blutrünstiges Treiben aufgegeben. Doch eines Tages tauchten wieder die ersten Vampiropfer auf. Seither ist Swanage eine Geisterstadt. Graf Morloff ist mit einem Vulkan zu vergleichen. Er kann viele Jahre Ruhe geben. Doch irgendwann bricht er dann doch wieder aus...«

Wir sprachen von Garco, dem Verwalter des Schlosses. Der Inspektor beschrieb den Mann, und ich wußte sofort, daß ich ihm im Wirtshaus schon mal begegnet war.

Ich erinnerte mich an das Gespräch, das ich mit den Deutschen gehabt hatte. Wenn Garco es mitbekommen hatte, hatte er erfahren, aus welchem Grund ich nach Swanage gekommen war.

Hatte er Gegenmaßnahmen getroffen?

War er es gewesen, der mich niedergeschlagen und in den Wald verschleppt hatte?

Delmer Charisse meinte, daß das nicht auszuschließen war. »Garco ist dem Blutgrafen hündisch ergeben«, sagte der Inspektor. »Er selbst ist kein Vampir, aber er tut alles, um seinem Herrn ein guter Diener zu sein. Wenn er weiß, daß Sie Graf Morloff vernichten wollen, haben Sie ihn zum erbitterten Feind.«

Wir erreichten Swanage. Inspektor Charisse zählte die Opfer auf, die sich der Vampir geholt hatte. Das bisher letzte Opfer war demnach die Tochter des Wirtsehepaares Edwige und Jack Garland.

»Wenn es Ihnen nicht gelingt, dem blutigen Treiben des Vampirs ein Ende zu bereiten, wird Swanage einer Katastrophe zusteuern«, behauptete Delmer Charisse.

»Wieso?« wollte ich wissen.

»Es existieren Pläne, das Schloß des Grafen in eine Luxusherberge umzubauen. Sollte es tatsächlich dazu kommen, und sollte Graf Morloff bis dahin noch nicht für immer zur Hölle gefahren sein, können Sie sich denken, was das für Folgen hätte. Dann würde es in dieser Gegend bald nur so von Vampiren wimmeln...«

»Eine erschreckende Vision«, sagte ich schaudernd.

Der Inspektor wollte mich vor meinem Hotel aussteigen lassen, doch ich bat ihn, zu Edwige und Jack Garlands Gasthaus weiterzufahren.

Ich wollte die Leute kennenlernen.

Charisse stoppte seinen Austin wenig später vor dem Wirtshauseingang. Wir betraten das Lokal. Neben der Tür hingen Knoblauchbündel.

An den Tischen saßen Männer mit ernsten Gesichtern. Sie hatten sich unterhalten. Als sich die Tür geöffnet hatte, war die Unterhaltung jedoch jäh verstummt.

Jack Garland stand hinter der Theke. Seine Miene drückte Kummer und Leid aus. Neben der italienischen Espressomaschine lehnte ein hagerer Mann, dessen Wangenknochen weit hervortraten, wodurch die Augen in finsteren Höhlen lagen.

»'n Abend, Inspektor«, sagte der Hagere.

»Guten Abend, Mr. Tokar.« Delmer Charisse wandte sich an mich. »Rob Tokar ist weit über die Grenzen unseres Ortes hinaus bekannt. Er kann hellsehen. Aber er ist nicht einer von den Hellsehern, die mit irgendwelchen billigen Tricks arbeiten und die Leute so hinters Licht führen.

Seine hellseherischen Fähigkeiten sind wissenschaftlich nachgewiesen.«

»Freut mich, Ihre Bekanntschaft zu machen, Mr. Tokar«, sagte ich.

»Das ist Oberinspektor John Sinclair«, erklärte Delmer Charisse. »Ein Mann von Scotland Yard. Seine Abteilung befaßt sich ausschließlich mit übernatürlichen Fällen. Sinclair hat bereits eine erkleckliche Zahl von Geistern, Dämonen, Werwölfen und Vampiren zur Strecke gebracht. Er ist auf meine Bitte hin nach Swanage gekommen, um Graf Morloff das Handwerk zu legen.«

Tokar musterte mich interessiert. »Sie scheinen tatsächlich aus einem besonders harten Holz geschnitzt zu sein, Oberinspektor.«

»Sinclair hat bereits eine Begegnung mit dem Blutgrafen hinter sich«, berichtete Inspektor Charisse.

Stille im Wirtshaus.

Man hätte eine Stecknadel zu Boden fallen hören können.

Jetzt schauten mich alle an. Es grenzte für sie an ein unvorstellbares Wunder, daß ich noch am Leben war.

Rob Tokar nahm einen Schluck von seinem Schwarzbier. »Auch ich habe mich entschlossen, dem Vampir den Kampf anzusagen.«

Delmer Charisse schüttelte unwillig den Kopf. »Das sollten Sie lieber bleiben lassen, Mr. Tokar. Sie sind zwar ein hervorragender Hellseher, aber Sie verstehen es nicht, gegen einen Sendboten der Hölle zu kämpfen.«

Rob Tokar lächelte hintergründig. »Ich werde

Sie vom Gegenteil überzeugen, Inspektor.«

Charisse schaute mich an. »Sinclair, reden Sie's ihm aus.«

Rob Tokar hob abwehrend die Hand. »Geben Sie sich keine Mühe, Oberinspektor. Ich lasse mich auch von Ihnen nicht von meinem Vorhaben abbringen. Ich werde diesen verfluchten Spuk auf meine Weise bekämpfen. Keine Sorge. Ich werde Ihnen nicht in die Quere kommen, Sinclair...«

»Graf Morloff könnte Sie töten«, warf ich ein.

»Ich muß mich gegen ihn stellen«, knirschte der Hagere. »Ich kann seinem Treiben nicht mehr länger tatenlos zusehen. Er hat meinen besten Freund umgebracht. Ich bin es Jim schuldig...«

»Sie werden so enden wie Jim«, sagte Charisse, »wenn Sie nicht Vernunft annehmen.«

»Ich werde mich vorsehen«, erwiderte Rob Tokar.

Ich erkannte, daß es keinen Zweck hatte, den Mann umstimmen zu wollen. Er würde trotzdem tun, was er für richtig hielt.

Ich konnte ihm nur alles Glück dieser Welt wünschen, wenn es tatsächlich zwischen ihm und dem gefährlichen Vampir zu einer nächtlichen Begegnung kommen sollte.

Jack Garland beteiligte sich nicht an unserem Gespräch. Ich wandte mich nun direkt an ihn. »Es tut mir leid, was Ihrer Tochter zugestoßen ist, Mr. Garland.«

Der kräftige Wirt senkte den Blick. »Jill war das schönste Mädchen von Swanage.«

»O ja, das war sie«, bestätigte Delmer

Charisse. »Wir mochten sie alle sehr.«

»Ich hasse diesen Teufel, der dort oben auf seinem Schloß wohnt und sich von unserem Blut ernährt!« knurrte Garland.

»Ich kann Sie verstehen«, sagte ich.

»Wir mußten sie pfählen«, preßte Jack Garland heiser hervor. »Es war schrecklich.« Der Wirt erzählte, wie sich die furchtbare Prozedur abgespielt hatte. Meine Kopfhaut zog sich spürbar zusammen.

»Seither«, fuhr Garland fort, »ist Edwige, meine Frau, nicht mehr ansprechbar. Möchten Sie sie sehen, Oberinspektor?«

Ich nickte.

Garland, Charisse und ich verließen den Gastraum.

Wir betraten ein düsteres Zimmer, in dem nur eine Kerze brannte. Als ich Edwige Garland sah, gab es mir einen Stich.

Sie hockte in einem Schaukelstuhl. Ihr Haar war zerzaust. Sie stierte vor sich hin, nahm das, was um sie herum geschah, nicht mehr wahr. Ihr Gesicht hatte einen stupiden Ausdruck.

Sie schien den Verstand verloren zu haben. Kein Wunder. Was diese Frau und Mutter mitgemacht hatte, war nicht so leicht zu ertragen.

Ich hatte Mitleid mit Edwige und Jack Garland, und ich schwor mir angesichts dieser Frau, gegen den Vampir mit aller mir zu Gebote stehender Härte vorzugehen.

Graf Morloff mußte sterben. Und zwar schnell!

Von Minute zu Minute wuchs Lydias Unruhe. Sie nagte an ihrer Unterlippe und blickte Harry Pallenberg furchtsam und vorwurfsvoll an.

»Wir hätten niemals kommen dürfen«, sagte sie mit belegter Stimme.

»Das war ein großer Fehler...«

Pallenberg versuchte sie zu beruhigen. »Du brauchst keine Angst zu haben. Sobald Claus-Dieter zurückkehrt, brechen wir auf. Wir verlassen das Schloß und kehren nach Swanage zurück. Und in ein paar Tagen wirst du über deine Angst lachen.«

»Wie lange ist Claus-Dieter schon weg?«

»Ich weiß es nicht. Ich habe nicht auf die Uhr gesehen.«

»Ich glaube nicht, daß er Garco helfen sollte. Ich befürchte eher, daß dieser unheimliche Verwalter Claus-Dieter von uns weggelockt hat.«

»Wozu sollte das denn gut sein?«

»Damit er mit ihm allein ist.«

»Und was macht er mit ihm allein?« fragte Harry Pallenberg.

»Was denn schon?« gab Lydia Groß gepreßt zurück. »Kannst du es dir nicht denken?« Das Mädchen erhob sich. »Ich kann nicht mehr länger warten. Ich halte es in diesem Schloß nicht mehr aus, Harry.«

»Wir können nicht ohne Claus-Dieter weggehen.«

»Wo bleibt er denn nur so lange?« fragte Lydia ungeduldig. Ihr Blick streifte eines der Fenster. Stockdunkel war es draußen.

Die Zeit des Vampirs war lange schon angebrochen. Bei diesem Gedanken überlief es das Mädchen eiskalt. Gab es noch einen Ort, wo sie vor dem Blutgrafen sicher waren?

Ganz bestimmt waren sie es nicht in seinem

Schloß. Aber auch draußen waren sie der bluthungrigen Bestie ausgeliefert.

Bestimmt hatte sich Graf Morloff bereits wieder auf seinen nächtlichen Streifzug begeben.

Lydia dachte an John Sinclair.

Sie hätten auf den Oberinspektor hören sollen. Aber Harry Pallenberg war von der Idee seiner Horrorfahrt geradezu besessen gewesen. Und er hatte eine sträfliche Unbekümmertheit an den Tag gelegt.

Das würde sich nun rächen.

Lydia fragte sich, ob John Sinclair etwas zu ihrer Rettung unternehmen würde.

Wenn er feststellte, daß sie nach Einbruch der Dunkelheit noch nicht in das Gasthaus zurückgekehrt waren, würde er sich vielleicht auf den Weg hierher machen.

Darauf hoffte Lydia.

John Sinclair war der Halm, an den sie sich in ihrer großen Furcht klammerte.

Das Mädchen wandte sich um. »Wie lange willst du noch untätig hier herumsitzen, Harry?« fragte sie nervös.

Pallenberg lächelte. »Was erwartest du von mir? Was soll ich tun?«

»Angenommen, Claus-Dieter kommt bis zum Morgengrauen nicht zurück. Hast du dann vor, die ganze Nacht hier zu sitzen und auf ihn zu warten?«

Harry Pallenberg stand auf. »Okay. Was schlägst du vor, Lydia?«

»Wir müssen Claus-Dieter suchen. Und wenn wir ihn gefunden haben, sehen wir zu, daß wir von hier wegkommen.«

»Wo sollen wir ihn denn suchen?«

»Überall.«

»Es wird Garco aber nicht gefallen, wenn wir in allen Räumen herumschnüffeln.«

»Es ist mir egal, was Garco denkt.«

»Wir mißbrauchen seine Gastfreundschaft.«

»Gastfreundschaft! Pah! Daß ich nicht lache.«

»Er hat uns immerhin vorzüglich bewirtet.«

»Das hat er bestimmt nicht ohne Hintergedanken getan!« behauptete Lydia Groß. »Dieser Mann ist ein Teufel, Harry. Er haßt die Menschen. Wenngleich er es auch bestreitet, ich sage dir, dieses Schloß ist doch verflucht. Graf Morloff lebt nachts noch hier, und Garco ist sein ergebener Diener. Wir genießen die Gastfreundschaft eines Mannes, der einem Blutsauger dient, Harry. Vielleicht ist Claus-Dieter dem Vampir bereits zum Opfer gefallen. Das würde erklären, wieso er so lange fortbleibt!«

Harry Pallenberg schüttelte energisch den Kopf. »Genug, Lydia. Du verrennst dich da in eine Idee…«

»Wirst du Claus-Peter nun mit mir suchen, oder nicht?« fiel ihm das Mädchen ins Wort.

Er ging zu ihr. »Natürlich gehe ich mit dir«, sagte er sanft. »Du bist sehr schön, Lydia. Weißt du das?«

»Es ist nicht der richtige Zeitpunkt…«

»Ich finde, der Moment ist genau richtig. Endlich einmal ist Claus-Dieter nicht dabei. Laß mich offen mit dir reden, Lydia. Ich empfinde sehr viel für dich. Ich würde gern mehr sein als nur dein Kollege und ein kleiner Urlaubsflirt, den man zu Hause wieder vergißt. Wir wohnen beide in derselben Stadt. Ich würde dich gern wiedersehen, wenn wir wieder in Köln sind. Wir könnten öfter zusammen ausgehen. Essen, tanzen – irgendwelche verrückten Dinge tun. Was meinst du, habe ich Chancen, das zu erreichen?«

»Frag mich ein andermal, Harry.«

»Wann?«

»Wenn wir wieder in Köln sind.«

Pallenberg nickte. »Okay. Ich wird's nicht vergessen. Und nun komm. Suchen wir Claus-Dieter.«

Sie verließen den prunkvollen Saal, schritten einen langen, düsteren Gang entlang. Lydias Nerven waren bis zum Zerreißen angespannt.

Sie befürchtete eine Begegnung mit dem Vampir.

Harry Pallenberg öffnete jede Tür, an der sie vorbeikamen. Von Claus- Dieter Krämer keine Spur. Auch Garco ließ sich nicht mehr blicken.

Lydia und Harry schienen sich allein auf dem verfluchten Schloß zu befinden.

Allein – mit Graf Morloff?

Sie kehrten um. Pallenberg hatte festgestellt, daß sämtliche Türen, die nach draußen führten, abgeschlossen waren. Lydia war das nicht entgangen. Ihre Angst uferte aus.

Als sie wieder den Saal erreichten, in dem sie von Garco bewirtet worden waren, hastete das Mädchen auf die Tür zu, durch die sie in das Schloß gelangt waren.

Auch hier war mit einemmal abgeschlossen, und schaudernd stellte Lydia fest, daß alle Fenster im Erdgeschoß vergittert waren.

»Die Falle ist zugeschnappt!« krächzte das Mädchen verstört. Sie starrte Pallenberg zitternd an. »Wir sind verloren, Harry. Aus diesem Schloß kommen wir nicht mehr lebend raus!« Lydia schlug die Hände vors Gesicht. »Warum«, schluchzte sie, »warum habe ich bei diesem Wahnsinn bloß mitgemacht?«

Jack Garland hatte nichts dagegen, daß ich mir Tills Zimmer ansah. Es befand sich im Obergeschoß. Ein netter Raum mit freundlichen Tapeten und weißen Möbeln.

Das typische Jungmädchenzimmer. Ein Raum zum Wohlfühlen. An den Schranktüren klebten Poster von John Travolta und Olivia Newton-John. Auf einem Highboard gab es etwa dreißig LPs im Plastikständer. Daneben stand ein Gerät, das Radio, Kassettenrecorder und Plattenspieler in einem war.

»Ich habe diesen Raum seit dem Tod meiner Tochter nicht mehr betreten«, sagte der Wirt.

»Wenn Sie das Zimmer lieber verlassen möchten...«, sagte ich.

Garland schüttelte den Kopf. »Wie soll ich jemals darüber hinwegkommen, wenn ich diesen Raum ständig meide?«

Ich ließ meinen Blick weiter durch das Zimmer schweifen. »Hier also ist es passiert. Hier hatte Jill Besuch von Graf Morloff.«

Garland nickte. Seine Brauen waren zusammengezogen.

»Ich vermisse jegliches christliches Symbol, Mr. Garland«, sagte ich.

»Jill muß das Kreuz, das über ihrem Bett hing, entfernt haben.«

»Das hat Morloff von ihr verlangt«, sagte Inspektor Charisse. »Ist es nicht so, daß ein Vampir ein Haus nur dann betreten kann, wenn ihn jemand dazu einlädt, Oberinspektor?«

»Das ist richtig«, sagte ich.

Jack Garland riß die Augen auf. »Soll das etwa heißen, daß meine Tochter diesen Unhold eingelassen hat?«

Ich schaute zum Fenster. »Vermutlich tauchte er dort auf. Sein hypnotischer Blick schlug Jill in seinen Bann. Sie war zum Gehorsam gezwungen. Er trug ihr auf, das Kreuz abzunehmen und das Fenster zu öffnen. Sie hatte keine andere Wahl. Sie mußte es tun.«

Garland schüttelte den Kopf. »Es ist alles so entsetzlich.«

»Haben Sie in den Nächten da vor keine Wahrnehmung gemacht, Mr. Garland?« erkundigte ich mich. »Es besteht durchaus die Möglichkeit, daß sich der Vampir schon einige Nächte vorher in der Nähe Ihres Hauses herumgetrieben hat.«

Garland blickte mich grimmig an. »Denken Sie, daß ich in einem solchen Fall nichts unternommen hätte? Ich hätte Himmel und Hölle in Bewegung gesetzt, um diesen Unhold zu vertreiben. Edwige und ich hatten nicht die blasseste Ahnung, daß dieser blutgierige Teufel gegen unsere Tochter etwas im Schilde führte.«

Ich sah die Szene genau vor mir, die Jill Garland das Leben gekostet hatte. Und es überlief mich bei dieser Vision kalt.

Plötzlich ein greller Schrei.

Und dann überstürzten sich die Ereignisse!

Edwige Garland raste zur Tür herein. Wahnsinn flackerte in ihren weit aufgerissenen Augen. Ihr Gesicht war verzerrt. Sie hielt ein langes Messer in ihrer Rechten und stach damit voll Wut auf den Inspektor ein.

Jack Garland und Delmer Charisse waren wie gelähmt. Sie vermochten nicht zu reagieren. Es hätte ein Blutbad gegeben, wenn ich meine Schreck-Sekunde nicht schneller als die beiden überwunden hätte.

Ich stürmte los.

Charisse bekam von mir einen kräftigen Stoß, der ihn gegen die Wand warf. Auch Garland beförderte ich mit einem Stoß zur Seite.

Das blitzende Messer zerschnitt die Luft. Es sauste von oben nach unten. Die Klinge hätte Inspektor Charisse getroffen, wenn ich ihn nicht aus dem Gefahrenbereich gestoßen hätte.

Edwige schien es egal zu sein, wen sie mit ihrem gefährlich langen Messer umbrachte. Wichtig schien ihr lediglich zu sein, daß einer von uns dreien das Leben verlor.

»Edwige!« brüllte Jack Garland entsetzt. Sie hörte nicht.

Die Klinge flitzte auf meinen Bauch zu. Garland und Charisse hielten den Atem an. Ich brachte mich mit einem Sprung vor der Klinge in Sicherheit. Der Messerarm schoß nach oben.

Der blitzende Strahl raste an meinem Gesicht vorbei.

Ich fing den Arm ab. Edwige Garland entwickelte unglaubliche Kräfte. Es gelang ihr, sich von mir loszureißen.

Erneut stach sie zu, und um ein Haar hätte

sie mich diesmal erwischt. Ich war gezwungen, mit meinen Handkanten gegen die Frau vorzugehen.

Mein zweiter Schlag entwaffnete sie.

Jetzt stürzten sich Delmer Charisse und Jack Garland auf sie. Sie klemmten die tobende Frau zwischen sich ein.

Sie schrie wie am Spieß.

»Laßt mich los!« kreischte sie. »Laßt mich los! Ihr dürft Jill nicht pfählen! Sie ist meine Tochter! Sie ist kein Vampir. Ich bringe euch um! Ich töte jeden, der meinem Kind so etwas Schreckliches antun möchte!«

Mit vereinten Kräften gelang es uns, die irrsinnige Frau zu überwältigen. Jack Garland redete auf sie ein.

Sie verstand kein Wort von dem, was er sagte. Aber sie beruhigte sich allmählich wieder. Wenige Minuten später verfiel sie in eine brütende Lethargie.

Es bestand nicht mehr die Notwendigkeit, sie festzuhalten. Wir konnten sie gefahrlos loslassen.

Auf Inspektor Charisses Wunsch brachte Jack Garland die Frau in ihr Zimmer zurück und schloß sie darin ein.

Wir folgten dem Wirt. Der Mann schluckte schwer. Verzweifelt schüttelte er den Kopf. »Ich weiß nicht, was ich dazu sagen soll.«

»Ihre Frau gehört dringend in ärztliche Pflege«, sagte Delmer Charisse ernst. »Man muß sie vorübergehend in einer geschlossenen Anstalt unterbringen.«

»Ich soll Edwige in ein Irrenhaus stecken?« fragte der Wirt entrüstet.

»Ihre Frau ist mit den Nerven völlig fertig, Mr. Garland«, sagte ich. »In einer psychiatrischen Klinik kann man ihr helfen.«

»Edwige ist nicht verrückt. Der Schmerz hat ihren Verstand verwirrt. Sie kommt schon wieder klar«, sagte Garland.

»Wollen Sie, daß sich das von vorhin wiederholt?« fragte Inspektor Charisse ärgerlich. »Wenn John Sinclair nicht gewesen wäre, hätte Ihre Frau uns beide umgebracht. Edwiges Zustand ist nicht nur für sie selbst kritisch. Er ist darüber hinaus für ihre Mitmenschen gefährlich. Wenn Sie mir jetzt Ihr Einverständnis geben, sorge ich dafür, daß Ihre Frau noch in dieser Stunde abgeholt wird.«

Garland preßte die Kiefer fest zusammen.

»Sie müssen sich damit einverstanden erklären«, sagte ich eindringlich.

»Sie wollen doch, daß Ihre Frau so bald wie möglich wieder gesund wird. Von selbst wird sie das nicht. Sie braucht die Hilfe guter Ärzte. Je später diese Hilfe einsetzt, um so geringer sind die Erfolgschancen.«

Jack Garland atmete geplagt aus. Er sah ein, daß wir es mit ihm und mit seiner Frau nur gut meinten.

»Na schön, Inspektor. Veranlassen Sie, daß Edwige abgeholt wird.«

Fünfundvierzig Minuten später wurde Edwige Garland von einem Krankenwagen abgeholt. Jack Garland begleitete seine Frau.

Vor der Kneipe, die alle Gäste mittlerweile verlassen hatten, verabschiedete sich Inspektor Charisse von mir.

»Wie sehen Ihre Pläne aus?« wollte er noch wissen.

Ich hob die Schultern. Es war kühl geworden. »Ich werde mir das Schloß morgen von innen ansehen.«

»Das wird Garco nicht zulassen. Und wenn Sie gewaltsam eindringen, wird er Sie wegen Hausfriedensbruch verklagen.«

»Ich werde eine Möglichkeit finden, in das Schloß zu gelangen.«

»Am Tag kann Graf Morloff nichts unternehmen.«

»Diesen Umstand will ich mir zunutze machen. Ich werde versuchen, sein Versteck ausfindig zu machen, und wenn mir das gelungen ist, sorge ich dafür, daß der gefährliche Blutsauger zu Staub zerfällt.«

»Wenn ich Ihnen irgendwie helfen kann, lassen Sie es mich wissen, Sinclair.«

»Vorläufig ziehe ich es vor, allein zu operieren«, sagte ich. »Aber vielleicht bin ich irgendwann einmal gezwungen, auf Ihr Angebot zurückzukommen.«

»Es bleibt bestehen, solange Sie in Swanage sind.«

»Ich danke Ihnen«, sagte ich.

»Soll ich Sie zu Ihrem Hotel fahren?«

»Das ist nicht nötig. Es sind ja nur ein paar Yards. Kommen Sie gut nach Hause, Inspektor.«

Delmer Charisse setzte sich in seinen schwarzen Austin und fuhr heim. Ich schlenderte los und dachte an die drei Deutschen, die ich in der Gaststube meines Hotels noch einmal treffen wollte.

Es war schon spät.

Ob sie noch dort waren? Oder hatten sie Swanage bereits wieder verlassen? Nachdenklich überquerte ich den Hauptplatz.

Ich hoffte, daß Lydia Groß und ihre beiden Begleiter so vernünftig gewesen waren, das Schloß noch vor Einbruch der Dunkelheit zu verlassen.

Ich hätte Lydia gern wiedergesehen. Es gibt Menschen, zu denen fühle ich mich auf Anhieb hingezogen. Lydia gehörte dazu. Im Grunde genommen wollte ich nichts von ihr. Sie war mir nur ungemein sympathisch, und ich hatte den Wunsch, daß diese neue Bekanntschaft erhalten blieb.

Zwanzig Yards noch bis zum Hotel.

Der Hauptplatz war genauso leer wie am Tag. Nur in der Nacht wirkte er noch gespenstischer.

Ich stolperte über einen Frostaufbruch.

Plötzlich hörte ich schnelle Schritte. Und dann sah ich Claus-Dieter Krämer. Der Deutsche sah aus, als hätte er mit einem reißenden Hund gekämpft. Er stand unsicher auf den Beinen, wankte mir entgegen.

Mir war, als würde mir eine unsichtbare Hand die Kehle zuschnüren. Krämers Kleider waren zerrissen. Sein Gesicht wies zahlreiche Schrammen auf.

Ich war sogleich in Sorge um Lydia Groß und Harry Pallenberg.

»Herr Krämer!« sagte ich hastig.

»Wie sehen Sie denn aus? Was ist passiert?«

»Wir hätten Ihren Rat befolgen und das Schloß meiden sollen, Sinclair«, preßte der Deutsche verzweifelt hervor.

»Was ist geschehen?« fragte ich unangenehm berührt.

»Wir waren auf dem Schloß. Harry, Lydia und ich. Harry war die Unbekümmertheit in Person. Er machte Witze. Er hatte keine Angst. Zunächst wollte er nur einmal um das Schloß herumlaufen und dann zum Wagen zurückkehren. Aber dann überredete er uns dazu, mit ihm die Zugbrücke zu überschreiten. Der Teufel muß uns geritten haben, daß wir dem zustimmten.«

»Habt ihr das Schloß betreten?«

»Ja. Garco schien damit gerechnet zu haben. Es war für drei Personen gedeckt. Harry Pallenberg fand das fantastisch. Ich versuchte meine Angst zu unterdrücken. Schließlich wollte ich nicht als Feigling vor Lydia dastehen. Harry aß wie ein Schwerarbeiter. Ich hielt mich mehr an den Rotwein. Er nahm mir viel von meiner Furcht.

Ich sah, daß sich Lydia keine Minute beruhigen konnte, deshalb wollte ich den Vorschlag machen, das Schloß wieder zu verlassen, zumal auch schon der Tag zu Ende ging und Sie gesagt hatten... Aber ich kam nicht dazu, meinen Vorschlag auszusprechen, denn Garco erschien und bat mich, ihm zu helfen. Ich wollte nicht ungefällig sein. Schließlich hatte uns der Schloßverwalter gut und reichlich bewirtet...«

Krämer unterbrach sich.

Er blickte auf seine zitternden Hände.

»Ich hätte glattweg ablehnen sollen«, sagte er heiser.

»Was hat Garco getan?« wollte ich wissen.

»Es ging ihm nur darum, mich von den andern wegzulocken. Er brauchte meine Hilfe nicht wirklich. Es war eine Falle. Und ich Tölpel tappte ahnungslos hinein. Er führte mich in einen Raum, in dem eine schwere Truhe stand. Als ich mich bückte, um nach dem Griff zu fassen, schlug Garco mich nieder. Ich verlor das Bewußtsein.«

»Und dann?«

»Es war grauenvoll, Sinclair. Wissen Sie, wo ich zu mir kam?«

»Wo?«

»In Graf Morloffs Gruft. Verdammt, Sie hatten recht. Es gibt ihn tatsächlich, diesen grausamen Vampir. Er erhob sich aus seinem Sarkophag. Er stürzte sich auf mich, wollte mein Blut trinken. Ich habe mich verzweifelt zur Wehr gesetzt. Ich mußte um mein Leben kämpfen. Graf Morloff ist unglaublich kräftig. Er trieb mich in die Enge. Ich schien verloren zu sein. Da setzte ich alles auf eine Karte. Es gelang mir, den Grafen in dem Augenblick, wo er zubeißen wollte, zurückzustoßen und aus der Gruft zu fliehen.

Eine steile Treppe führte nach oben. Ich hetzte sie hinauf. Der Graf hinter mir her. Ich erreichte die Tür, riß sie auf, warf sie hinter mir zu, schob den Riegel vor. Und dann rannte ich, wie von Furien gehetzt, weiter. Ich lief durch Gänge, über Treppen – ich weiß nicht, welchen Weg ich einschlug. Jedenfalls war ich irgendwann auf einmal nicht mehr im Schloß. Ich keuchte trotzdem weiter, weil ich befürchtete, daß Graf Morloff mir folgen würde. Quer durch den Wald floh ich... Sie können sich nicht vorstellen, wie weit es mir bis nach Swanage vorkam.«

»Ich sehe Ihnen an, daß Sie am Ende Ihrer Kräfte sind«, sagte ich.

»Ich habe Angst, Sinclair, schreckliche Angst. Es heißt, daß ein Vampir von einem Menschen nicht mehr abläßt, den er sich als Opfer ausgesucht hat. Er betrachtet diesen Menschen als sein Eigentum... Graf Morloff wird mich früher oder später finden und töten.«

»Wo sind Lydia und Harry?« wollte ich wissen.

Krämer hob die Schultern. »Ich nehme an, sie befinden sich noch auf dem Schloß. Ich war so in Panik, daß ich an sie gar nicht dachte.«

»Dann besteht die Gefahr, daß sich Graf Morloff nun an den beiden schadlos hält.«

»Meine Güte, das darf er nicht!« stieß Claus-Dieter Krämer entsetzt hervor. »Wir müssen etwas für Lydia und Harry tun.«

»Nicht wir, sondern ich«, erwiderte ich.

Krämer schüttelte entschieden den Kopf. »Lydia Groß und Harry Pallenberg sind meine Freunde geworden, Sinclair. Es ist meine Pflicht, ihnen in der Not beizustehen. Ich kann und werde sie nicht ihrem Schicksal überlassen. Niemand darf das von mir verlangen. Auch Sie nicht!«

»Sie sind doch völlig am Ende.«

»Ich erhole mich wieder. Sie müssen mich mitnehmen, Sinclair. Ich bestehe darauf.«

Es war keine Zeit zum Streiten. Deshalb nickte ich und sagte: »Na schön, dann kommen Sie eben mit. Mein Bentley steht hinter dem Hotel auf dem Parkplatz. Ich muß aber noch schnell auf mein Zimmer...«

»Dann warte ich auf Sie bei Ihrem Wagen«, entschied Claus-Dieter Krämer.

»Ist mir recht«, sagte ich und eilte zum Hotel weiter.

Im Vorbeilaufen fischte ich meinen Zimmerschlüssel vom Haken. Im Haus war alles ruhig. Ich versuchte, keinen Lärm zu machen, schloß behutsam die Zimmertür auf und hastete zum Schrank, in dem ich meinen Einsatzkoffer aufbewahrt hatte.

Rasch öffnete ich ihn.

Dann nahm ich den geweihten Silberdolch an mich und schob die leistungsstarke Luftdruckpistole in meinen Gürtel.

Drei Minuten später betrat ich den Parkplatz. Claus-Dieter Krämer stand aufgeregt und nervös neben meinem Wagen.

Ich konnte das sehr gut verstehen. Es lag noch nicht lange zurück, da hatte ich ebenfalls mit dem gefährlichen Blutgrafen zu tun.

Diese unerwartete Wendung im Ablauf der Dinge veranlaßte mich, nicht bis zum nächsten Tag zu warten, sondern noch in der Nacht gegen Graf Morloff vorzugehen.

Ich durfte nicht länger warten.

Lydia Groß und Harry Pallenberg schwebten in großer Gefahr. Sie brauchten meine Hilfe sofort. Nicht erst, wenn der Tag anbrach.

Ich schloß den Bentley auf.

Krämer sprang förmlich in das Fahrzeug. Ich stieg ebenfalls ein, startete und fuhr los. Erst nachdem der Wagen die ersten Yards zurückgelegt hatte, schaltete ich die Fahrzeugbeleuchtung ein. Wir durchfuhren das ausgestorbene Swanage.

Claus-Dieter Krämer rutschte voller Ungeduld auf dem Beifahrersitz hin und her. Ich fuhr ihm nicht schnell genug, aber ich wollte nicht durch den nächtlichen Ort rasen.

Es konnte uns jemand vor den Kühlergrill laufen.

Es dauerte nicht lange, da erblickten wir die Ortstafel von Swanage. Gleich danach zweigte die Straße zum Schloß ab.

Sie stieß im schrägen Winkel in den Wald hinein. Als die erste Steigung kam, schaltete ich zurück.

Und dann geschah das Unerwartete!

Claus-Dieter Krämer schien auf einmal den Verstand verloren zu haben. Er stieß einen lauten Schrei aus, warf sich zu mir herüber, packte das Lenkrad und riß es herum.

Ich hatte große Mühe, den Wagen auf Kurs zu halten. Der Bentley schwankte und richtete die Schnauze dann wieder geradeaus.

Mein Fuß flog zur Bremse.

Ich stoppte und wandte mich wütend meinem Mitfahrer zu. »Sagen Sie, Krämer, sind Sie noch zu retten!« herrschte ich den Deutschen an.

»Hatten Sie die Absicht, uns beide umzubringen?« Plötzlich fiel es mir wie Schuppen von den Augen.

Krämer war nicht mehr umzubringen! Er war bereits tot! Er hatte mir nicht die Wahrheit gesagt! Es war ihm nicht gelungen, dem Grafen zu entkommen. Morloff hatte ihn umgebracht.

Jetzt war auch Krämer ein Vampir, der nach meinem Blut lechzte und in diesem Augenblick zum Todesbiss ansetzte!

Er hatte mich geschickt getäuscht, hatte mich aus Swanage in die Einsamkeit gelockt, damit mir niemand zu Hilfe kommen konnte, wenn er sich über mich hermachte...

Mit gierigem Blick näherte sich mir die Bestie!

Rob Tokar hatte sich das gefährliche Ziel gesetzt, Graf Morloff zur Strecke zu bringen. Der hagere Mann mit dem hellseherischen Fähigkeiten gab sich jedoch keiner Illusion hin.

Er wußte, daß es nicht leicht sein würde, dem Blutgrafen ein Ende zu bereiten. Dennoch schreckte er von seinem Vorhaben nicht zurück.

Tokar war vierzig Jahre alt. Bis zu seinem zwanzigsten Geburtstag war er ein Mensch wie jeder andere gewesen.

Doch kurz nachdem er zwanzig geworden war, hatte er einen schweren Autounfall gehabt. Er war mit hoher Geschwindigkeit nachts auf der Küstenstraße unterwegs gewesen, hatte einen unbeleuchtet abgestellten Lastwagen übersehen und war in voller Fahrt in diesen hineingedonnert.

Hinterher hieß es, es grenze an ein Wunder, daß Rob Tokar diesen Unfall überlebt hatte.

Heute noch bewahrte Tokar die Fotos in seinem Haus auf, die damals von dem Wrack gemacht worden waren, in das er eingeklemmt gewesen war.

Man hatte ihn aus dem Schrotthaufen herausschweißen müssen. Doch davon hatte er nichts mitbekommen.

Fast einen Monat lang war er ohne Bewußtsein gewesen, und die Ärzte hatten an seinem Aufkommen gezweifelt.

Aber dann war er doch wieder zu sich gekommen, und von diesem Tag an machte seine Genesung zufriedenstellende Fortschritte.

Bald schon bemerkte Rob Tokar, daß er sich irgendwie verändert hatte. Er spürte deutlich, daß er nicht mehr derselbe war, der er vor dem Unfall gewesen war.

Eines Tages stellte er fest, daß er ein »zweites Gesicht« hatte – er konnte hellsehen. Seine erste schreckliche Erfahrung hatte er eine Woche, nachdem er das Bewußtsein wiedererlangt hatte.

Eine hübsche Krankenschwester namens Lucy Brown kümmerte sich um ihn. Er mochte sie sehr. Sie pflegte ihn gut und hatte immer ein aufmunterndes Wort für ihn.

Am hellichten Tag hatte er eine Vision. Er sah Schwester Lucy vor dem Haus, in dem sie wohnte, tot liegen.

Das Haus wurde zu diesem Zeitpunkt gerade renoviert. Vom Gerüst war eine Eisenstange gefallen und hatte die Krankenschwester erschlagen.

Rob Tokar klingelte wie verrückt nach der Schwester. Er beschwor sie, nicht nach Hause zu gehen, sagte ihr aber nichts von seiner schrecklichen Vision. Sie ging trotzdem heim…

Tokar sah Schwester Lucy nie mehr wieder. Sie war gestorben, wie er es vorausgesehen hatte.

Von da an hatte Rob Tokar öfter solche Visionen. Anfangs konnte er sie nicht bewußt steuern.

Sie überkamen ihn einfach. Doch bald schon lernte er, sein zweites Gesicht zu beeinflussen.

Er konnte natürlich nicht das lenken, was er sah, aber er konnte sich dazu bringen, *daß* er auf Wunsch etwas sah.

Tokar erreichte das, indem er geistig völlig abschaltete und sich in Trance versetzte. Aber es klappte nicht immer. Er war schließlich kein Automat, der auf Knopfdruck funktionierte.

Mehrmals hatte er schon versucht, vorauszusehen, was Graf Morloff zu tun beabsichtigte. Doch bisher waren alle Versuche gescheitert. Das hinderte Rob Tokar jedoch nicht daran, in dieser Richtung weiterzumachen.

Er war sicher, daß er eines Tages Erfolg haben würde.

Dann würde er wissen, welche Schritte der Blutgraf als nächstes zu unternehmen gedachte – und dann konnte er den gefährlichen Vampir stellen und vernichten.

Der hagere Mann saß zu Hause in seinem Meditationsraum. Ein Zimmer, das schwarz tapeziert war und in dem es keine Möbel gab.

Sämtliche Gegenstände standen auf dem Boden. Es gab mehrere Kissen. Ebenfalls schwarz. Auf einem davon kniete Rob Tokar in aufrechter Haltung.

Er hatte die Augen geschlossen. Sein Atem ging regelmäßig. Er schien zu schlafen. Aber der Schein trog.

Völlig entspannt schickte der Hellseher seinen Geist auf eine Reise in die nahe Zukunft. Rob Tokar konzentrierte sich dabei auf den Namen Morloff.

Er merkte, wie sich sein Geist entfernte.

Seine Gedanken durchstießen weltliche Schranken und Zeitbarrieren. Grelles Licht wechselte sich in rascher Aufeinanderfolge mit absoluter Finsternis ab.

Plötzlich hatte der Hellseher ein bekanntes Gesicht vor seinem geistigen Auge. Das Gesicht eines Mädchens. Madonnenhaft sah es aus.

Beverly Clark heiß das blutjunge blonde Mädchen. Sie wohnte in Swanage. Zur Zeit waren ihre Eltern in Cornwall bei Verwandten.

Beverly war allein im Haus.

Und Graf Morloff war an ihr interessiert!

Obwohl sich Rob Tokar in Trance befand, rieselte es ihm eiskalt über den Rücken. Die Vision zeigte ihm den Vampir.

Der unheimliche Blutsauger starrte mit rot geänderten Augen zum Fenster herein. Bleich schimmerte sein Gesicht.

Er hob die Hand, setzte die Fingernägel ans Glas und zog sie darüber. Er rief damit ein Geräusch hervor, das einem durch Mark und Bein ging. Beverly Clark erwachte davon.

Sie schreckte hoch und erblickte den grausamen Vampir, der in ihr Zimmer wollte, von ihr aber eingelassen werden mußte.

Der kalte Schweiß brach dem Hellseher aus, als er sah, wie Beverly Clark sich unter dem hypnotischen Zwang der Bestie erhob.

Sie ging auf das Fenster zu.

Ein hämisches Grinsen huschte über die Züge des Vampirs. Er konnte es kaum noch erwarten, über das Mädchen herzufallen.

Beverly Clark hatte keine Chance.

Sie mußte dem Schrecklichen gehorchen. Er

verlangte von ihr, sie möge das Fenster öffnen und ihn einlassen.

Und sie streckte die Hand nach dem Riegel aus, um ihn herumzudrehen. Rob Tokars Herz trommelte wie verrückt gegen die Rippen.

Er wollte das blonde Mädchen rufen. Er wollte ihr eine Warnung zuschreien, doch es war ihm nicht möglich, das Tun des Mädchens zu beeinflussen.

Als sich ihre Hand auf den Riegel legte, schrie Tokar:»Neun!« Dieser Schrei riß ihn aus seiner Trance.

Verwirrt blickte er sich um. Mit dem Jackettärmel wischte er sich den Schweiß von der Stirn.

Endlich. Es hatte endlich geklappt. Rob Tokar wußte nun, was Graf Morloff vorhatte – und er ahnte, daß das, was er in der Vision gesehen hatte, schon sehr bald geschehen würde.

Vermutlich trieb sich der Graf schon jetzt Nacht für Nacht in der Nähe des Clarkschen Hauses herum. Um sein Opfer gewissermaßen auf seinen Besuch vorzubereiten.

Beverly Clark würde nicht wissen, was sie in den Nächten beunruhigte. Sie würde nur unruhig sein. Und hervorgerufen würde diese Unruhe von Graf Morloffs Nähe werden.

Die Ausstrahlung des Bösen würde Beverly vorläufig nur ganz leicht streifen.

Der Hellseher sprang auf. Er mußte zu Beverly Clarks Rettung etwas tun. Zu jener Begegnung, die Tokar in Trance erlebt hatte, durfte es nicht kommen.

Hastig verließ Rob Tokar das Meditationszimmer.

Er war für einen Kampf mit dem Vampir nur unzureichend ausgerüstet. Dennoch schreckte er davor nicht zurück, dem blutgierigen Schattenwesen entschlossen entgegenzutreten.

Tokar besaß ein Springmesser. Er hatte die Klinge in Weihwasser getaucht. Damit wollte er dem unheimlichen Grafen den Garaus machen. Der hagere Mann eilte aus seinem Haus.

Er war in großer Sorge um Beverly Clark. Alle Leute mochten sie. Sie war ein herzerfrischendes Ding, das überall gern gesehen war.

Graf Morloff durfte sie nicht kriegen. Er durfte sie nicht zur grausamen Vampirin machen.

Rob Tokar lief durch das nächtliche Swanage. Von weitem schon sah er, daß Beverly noch Licht hatte, obwohl Mitternacht bereits weit überschritten war.

Ihm war bekannt, daß sie eine Leseratte war. Vermutlich hatte sie mal wieder ein Buch in die Finger bekommen, das so spannend war, daß sie nicht zu lesen aufhören konnte.

Der Hellseher erreichte das Haus der Clarks. Seitlich davon stand eine kleine Scheune. Tokar trat an die Haustür und schellte.

Wenn ihm Beverly Clark nun ihr Buch um die Ohren schlug, mußte es ihm recht sein. Man klingelt um diese Zeit nicht mehr bei einem jungen Mädchen, das ganz allein zu Hause ist.

Es dauerte eine kleine Ewigkeit, bis hinter der Tür eine reine Mädchenstimme fragte: »Wer ist da?«

»Ich bin es, Rob Tokar.«

Ein Schlüssel wurde herumgedreht. Die

Vorlegekette rasselte. Dann öffnete sich die Tür einen kleinen Spalt weit und ein Teil von Beverly Clarks schönem Gesicht war zu sehen.

»Rob«, sagte Beverly erstaunt. »Wissen Sie, wie spät es ist?«

»Es wird wohl bald der Morgen grauen, wie?« sagte der Hellseher verlegen. »Ich hätte bestimmt nicht geläutet, wenn ich bei dir nicht noch Licht gesehen hätte, Beverly.«

»Was wollen Sie?«

»Ich komme vom Wirtshaus«, log der Hellseher. »Ich wollte mich nur mal erkundigen, ob bei dir alles in Ordnung ist – wo doch deine Eltern nicht zu Hause sind...«

Beverly Clark musterte den Hellseher ungläubig. »Danach haben Sie sich noch nie erkundigt. Wenn Sie denken, die günstige Gelegenheit nützen zu können...«

Tokar blickte Beverly entrüstet an. »Also wenn du das denkst, mißverstehst du mich aber gewaltig, Kleines. Ich habe mir lediglich Sorgen um dich gemacht. Ich will nichts von dir.«

»Es geht mir gut, Rob.«

»Freut mich, das zu hören. Das freut mich wirklich«, sagte der Hellseher.

»Und nun will ich nicht länger stören. Gute Nacht, Beverly.« Der Hellseher wandte sich um.

»Rob«, sagte das Mädchen.

»Ja?« Tokar drehte den Kopf.

»Entschuldigen Sie. Ich hätte so etwas nicht sagen dürfen.«

»Schon gut, Beverly.«

»Sind Sie okay, Rob?«

»Ja. Mach dir um mich keine Sorgen,

Beverly. Geh wieder ins Bett. Schließ gut ab. Und mach niemandem auf. Hörst du? Niemandem.« Beverly Clark nickte. Sie klappte die Tür zu. Klackend drehte sich der Schlüssel im Schloß. Rob Tokar entfernte sich vom Clarkschen Haus.

Er ging aber nicht nach Hause, sondern legte sich neben der Scheune auf die Lauer. Fünf Minuten später drehte Beverly das Licht in ihrem Zimmer ab.

Für Rob Tokar begann das lange Warten.

Er war sicher, dem unheimlichen Blutgrafen in dieser Nacht zu begegnen, wenn er die Geduld aufbrachte, auf seinem Posten auszuharren.

Und er hatte recht.

Das Schattenwesen kam…

Claus-Dieter Krämer bleckte sein gefährliches Vampirgebiß. Ich haßte Graf Morloff, der den Deutschen zum Blutsauger gemacht hatte. Ich machte mir Vorwürfe, weil ich es zugelassen hatte, daß die drei Deutschen das Schloß aufgesucht hatten.

Aber hätte ich die Möglichkeit gehabt, es ihnen zu verbieten? Ich hätte sie begleiten sollen.

Vielleicht wäre Krämer dann ein solches Schicksal erspart geblieben. Schaudernd dachte ich an Lydia Groß und Harry Pallenberg.

Was war aus ihnen geworden? Lebten sie noch, oder geisterten sie ebenfalls schon als Untote durch Swanage, auf der Suche nach einem Blutopfer?

Blitzschnell schossen mir alle diese Gedanken durch den Kopf. Der Vampir dachte, die

Überraschung hätte mich gelähmt.

Er war der Meinung, leichtes Spiel mit mir zu haben. Doch als sich seine dolchspitzen Zähne meiner Halsschlagader näherten, explodierte ich.

Meine Faust traf ihn.

Er wurde zurückgestoßen, prallte gegen die Wagentür. Ich stieß die Tür auf meiner Seite geschwind auf und jumpte nach draußen, denn im Bentley hatte ich nicht genügend Bewegungsfreiheit.

Fauchend sprang auch Krämer aus dem Fahrzeug.

Eine rasende Gier glühte in seinen Augen. »Du entkommst mir nicht, John Sinclair!« zischte er. »Ich werde dein Blut trinken!«

Wie vom Katapult geschleudert, flog er auf mich zu. Seine kalten Totenhände packten mich am Hals. Mit einem Jiu-Jitsu-Trick konnte ich mich aber sofort wieder befreien.

Aus der Drehung heraus schoß ich meine Faust ab.

Getroffen gurgelte der Vampir. Aber er kam sofort wieder. Ich tauchte unter seinen Armen seitlich weg, hebelte ihn aus und schleuderte ihn zu Boden. Er rollte knurrend herum.

Tierhafte Laute stieß er aus.

Mit einem kraftvollen Sprung war er wieder auf den Beinen. Sein Ellenbogen traf meine Schläfe. Sterne tanzten vor meinen Augen.

Ich prallte gegen den Bentley, war für einen winzigen Moment benommen, und als ich wieder sehen konnte, wäre es beinahe zu spät für mich gewesen.

Das Gesicht des Unholds war meiner Kehle

ganz nahe.

Angewidert stieß ich den Vampir zurück. Seine spitzen Zähne schnappten zu, zerbissen zum Glück aber nur Luft.

Bevor er sich erneut auf mich stürzen konnte, griff ich ihn an. Damit drängte ich ihn in die Defensive. Er war gezwungen, zurückzuweichen.

Doch ich ließ mich von diesem Scheinerfolg nicht täuschen. Krämer war auf diese Weise nicht zu besiegen.

Nicht mit den Fäusten allein.

Mein nächster Hieb beförderte ihn zwei Schritte zurück. Ich folgte ihm nicht, blieb stehen und riß meine Luftdruckpistole aus dem Gürtel.

Er lachte satanisch. »Was soll das, Sinclair? Möchtest du mir damit etwa Angst machen? Du weißt, daß ich tot bin. Du kannst mir mit diesem Spielzeug nichts anhaben!« Er kam heran.

»Zu deiner Information«, sagte ich eiskalt. »Diese Pistole ist mit Eichenbolzen geladen!«

Krämer erstarrte. Er schwankte zwischen Unglauben und Furcht.

»Wo sind Lydia und Harry?« wollte ich wissen.

»Auf dem Schloß. Der Meister und ich werden ihr Blut trinken. Sie sind eingeschlossen, können nicht fort. Sie werden noch vor Sonnenaufgang sterben. Harry durch mich – und Lydia durch den Meister. Sie ist sein Opfer. Niemand kann es ihm mehr streitig machen.«

»Ich werde Morloff das Gegenteil beweisen!« sagte ich hart. Krämer wagte in derselben Sekunde den Angriff.

Ich drückte ab. Pft!

Mit großer Kraft jagte der Eichenbolzen in die Brust des Vampirs und durchbohrte sein Herz. Der Blutsauger stieß einen schaurigen Schrei aus.

Entsetzen verzerrte seine bleichen Züge. Er faßte sich mit beiden Händen an die Brust und brach wie vom Blitz getroffen zusammen.

Sogleich setzte die Rückverwandlung ein. Claus-Dieter Krämer war kein Vampir mehr. Ich hatte ihn erlöst.

Rob Tokar, der Hellseher, spürte plötzlich die Nähe des Blutgrafen. Er konnte ihn noch nicht sehen, wußte aber, daß der Vampir ganz nahe war. Mit schmalen Augen suchte Tokar die Bestie.

Da!

Eine vage Bewegung in der Dunkelheit. Rob Tokar zog sich zurück. Er preßte sich gegen die Holzwand der Scheune.

Schleifende Schritte waren zu hören.

Aus der Finsternis schälte sich eine hochgewachsene Gestalt. Sie war in einen schwarzen Umhang eingehüllt. Majestätisch schritt sie auf das Clarksche Haus zu.

Tokars Nerven spannten sich.

Seine Wangenmuskeln zuckten. Er war in seinem ganzen Leben noch nie so aufgeregt gewesen. Es lag in seiner Macht, Swanage von einem schweren Alpdruck zu befreien.

Wenn es ihm gelang, Graf Morloff zu vernichten, würden ihn die Bewohner von Swanage als Helden feiern. Und das Leben in diesem Ort würde wieder so lebenswert wie früher werden.

Hoch aufgerichtet schritt der Vampir an Rob

Tokar vorbei.

Der Hellseher verfolgte den Unheimlichen mit seinen Blicken. Tokars Rechte glitt in die Hosentasche. Seine Finger berührten das Springmesser. Damit wollte er Morloff zur Hölle schicken.

Tokar schluckte schwer. Der Graf hatte das Clarksche Haus erreicht. Er blieb stehen, sandte vermutlich nun seine satanischen Impulse in Beverlys Zimmer, um das Mädchen für seinen Besuch zu präparieren, der in einer der kommenden Nächte erfolgen sollte.

Vorsichtig löste sich Rob Tokar von der Scheunenwand.

Er ging in die Hocke, glitt von der Scheune weg und langsam auf den gefährlichen Vampir zu. Der Hellseher wußte, wieviel für ihn und für Swanage auf dem Spiel stand.

Es mußte ihm gelingen, Graf Morloff zum Teufel zu schicken, sonst war er verloren – und auch Swanage würde unaufhaltsam seinem Untergang entgegengehen. Die gefährliche Vampirseuche würde immer stärker unter den Leuten grassieren, bis es in dem Ort nur noch Untote gab... Eine Horrorvision war das.

Reglos stand der Vampir vor dem Haus.

Rob Tokar zog sein Messer aus der Tasche. Er ließ die Klinge jedoch noch nicht aus dem Griff schnellen, denn das laute Schnappen hätte den Blutsauger vorzeitig gewarnt.

Schweißnaß war das Gesicht des Hellsehers.

Der Vampir kehrte ihm den Rücken zu. Langsam näherte sich Rob Tokar der Bestie. Vollkommen lautlos bewegte er sich durch die

Dunkelheit.

Doch plötzlich knirschte unter seinem Schuh ein trockener Erdbrocken. Graf Morloff wirbelte augenblicklich herum.

Sechs Yards war Rob Tokar von dem Blutsauger noch entfernt. Der Vampir stieß ein wütendes Fauchen aus.

Tokar ließ die Klinge seines Springmessers aufschnappen. Graf Morloffs Augen schienen zu glühen.

Tokar rechnete damit, daß der Blutsauger ihn attackieren würde, doch das Gegenteil war der Fall.

Graf Morloff ergriff die Flucht. Mit langen Sätzen hetzte er davon. Die Nacht verschluckte ihn schon nach wenigen Schritten.

Doch Rob Tokar fand sich damit nicht ab.

Er wollte den Vampir zur Strecke bringen, deshalb setzte er alles daran, um ihn nicht entkommen zu lassen.

Ganz kurz sah er eine schemenhafte Gestalt um die Scheunenecke wischen. Der Hellseher hetzte hinterher.

Er lief, so schnell er konnte. Die Anstrengung war ihm deutlich ins Gesicht geschrieben. Verbissen kämpfte er um einen Erfolg über das Böse.

Er erreichte die Scheune. Das große Tor war offen. Er folgte einer Eingebung und betrat die Scheune.

Gespannt lauschte er.

Außer seinem aufgeregt pochenden Herzen konnte er zunächst nichts hören. Dann aber vernahm er ein leises Knistern.

Er drehte sich in die Richtung, aus der das Geräusch an sein Ohr gedrungen war. Etwas flog auf ihn zu.

Das mußte der Vampir sein.

Rob Tokar warf sich nach links. Die kalte Hand des Unheimlichen fegte an seiner Wange vorbei.

Rob Tokar stach zu.

Die in Weihwasser getauchte Klinge sauste von unten nach oben. Doch sie fand den Körper der Bestie nicht. Ein Schlag – ausgeführt wie mit einem schweren Eisenhammer – traf danach Rob Tokars Messerarm.

Der Hellseher stieß einen krächzenden Schmerzensschrei aus.

Das Springmesser entfiel seiner Hand. Er wankte zurück. Der Vampir folgte ihm. Graf Morloffs Miene drückte eine abgrundtiefe Grausamkeit aus.

Rob Tokar geriet in Panik. Jetzt, wo er keine Waffe mehr besaß, mit der er das unselige Leben des Blutgrafen auslöschen konnte, fühlte er sich hilflos. Er war dem. Unhold ausgeliefert.

Tokar wich Schritt um Schritt zurück.

Morloff folgte ihm. Der Blick des Hellsehers suchte nach einem Ausweg aus dieser gefährlichen Lage.

Seine Augen blieben am Stiel einer Heugabel hängen. Mit einem federnden Sprung war er bei ihr. Seine Hände schossen auf sie zu.

Er packte sie, riß sie an sich.

Graf Morloff lächelte verächtlich. Er wußte, daß ihm Tokar damit nichts anhaben konnte. Der Hellseher hätte es auch wissen müssen, doch er war im Moment so sehr durcheinander, daß er kaum noch wußte, was er tat.

»Bleib stehen, du Biest!« knurrte der hagere Mann.

Morloff schien ihn nicht zu verstehen. Gelassen setzte er seinen nächsten Schritt.

Tokar richtete die langen Metallzinken auf die Brust des Schattenwesens. Und als Graf Morloff den nächsten Schritt machte, stieß ihm der Hellseher die Heugabel tief in den Leib.

Der Vampir zeigte nicht die geringste Wirkung. Tokar wich verstört zurück. Er sah, wie der Untote sich die Heugabel aus der Brust riß und fortschleuderte.

Als Graf Morloff danach seine gefährlichen Vampirzähne entblößte, wußte Rob Tokar, daß er verloren war...

Ich brachte Claus-Dieter Krämer nach Swanage in die Polizeistation. Der Constabler hörte mir mit ausdruckslosem Gesicht zu, als ich schilderte, was sich zugetragen hatte.

»Und was haben Sie nun vor, Oberinspektor?« fragte mich der Mann, nachdem ich meine Ausführungen beendet hatte.

»Ich muß auf das Schloß. Sofort«, sagte ich. »Lydia Groß und Harry Pallenberg sind dort eingesperrt. Ich muß sie herausholen, bevor sich Graf Morloff ihrer annimmt.«

»Hoffentlich ist es dafür nicht schon zu spät.«

»Das hoffe ich auch.«

»Möchten Sie, daß ich Sie begleite?«

Ich schüttelte den Kopf. »Sie sind hier besser aufgehoben.«

»Aber wenn Sie allein aufs Schloß gehen, haben Sie es nicht nur mit dem Grafen, sondern auch mit Garco zu tun…«

»Ich werde mich vorsehen«, versprach ich und verließ die Polizeistation. Kalte Schauer liefen mir über den Rücken, wenn ich daran dachte, daß Lydia das Opfer dieses grausamen Blutsaugers werden sollte.

Ich fuhr noch einmal aus Swanage raus. Abermals erreichte ich die Gabelung. Wenig später langte ich dort an, wo Claus-Dieter Krämer sich als Vampir zu erkennen gegeben hatte.

Ich gab Gas.

Die Scheinwerfer bohrten sich in die schwarze Dunkelheit hinein. Bald fing sich die Straße zu schlängeln an. Der Wald wurde immer dichter.

Ich wußte nicht mehr genau, wo man mich an den Baum gebunden hatte. Es mußte hier irgendwo in der Nähe gewesen sein.

Ungestüm fuhr ich im Bentley weiter.

Ich mußte Graf Morloff vernichten. Noch in dieser Nacht. Koste es, was es wolle. Der unheimliche Blutgraf durfte sich kein weiteres Opfer mehr holen.

Endlos lange kam mir die Fahrt vor.

Meine Ungeduld wuchs von Sekunde zu Sekunde. Ich klammerte mich an das Lenkrad, drehte es, kuppelte, schaltete…

Und dann prallte das Licht meiner Scheinwerfer gegen den weißen Rover, mit dem Lydia Groß, Claus-Dieter Krämer und Harry Pallenberg hierhergekommen waren.

Ich stoppte meinen Bentley hinter dem weißen Wagen, schaltete die Fahrzeugbeleuchtung aus und stieg aus.

Stille.

Eine friedliche schwarze Nacht hüllte das Schloß ein. Lydia und Harry waren darin gefangen.

Ich mußte sie herausholen und in Sicherheit bringen, ehe ich Graf Morloff entgegentrat, um mit ihm einen erbitterten Kampf auf Leben und Tod auszutragen.

Ich entfernte mich von meinem Bentley. Mir war mulmig zumute, das gebe ich offen zu. Schließlich bin ich kein Supermann.

Keines der zahlreichen Schloßfenster war erhellt. Wie ein schwarzer Kasten ragte das unheimliche Gebäude vor mir auf.

Ich lief an der Burgmauer entlang und überquerte den wassergefüllten Graben. Sämtliche Fenster im Erdgeschoß waren vergittert.

Wenn ich ins Schloß wollte, mußte ich mich als Fassadenkletterer betätigen. Ich suchte nach einer geeigneten Stelle.

An einem morschen Holzlattenrost rankte sich Efeu hoch. Ich setzte meinen Fuß auf die erste Quersprosse. Sobald ich sie belastete, brach sie knirschend. Aber die zweite hielt.

Ich konzentrierte mich aufs Klettern.

Meine Hände ertasteten die nächste Strebe. Ich wollte mich daran hochziehen, doch es kam nicht dazu, denn plötzlich tauchte aus der Dunkelheit eine Gestalt auf.

Garco?

Graf Morloff?

Ich wußte es nicht, konnte es nicht sehen, hatte keine Zeit, mir Gewißheit zu verschaffen. Ich würde es noch früh genug erfahren.

Der Angreifer warf sich an meine Beine. Er hängte sich mit seinem ganzen Körpergewicht daran. Der Lattenrost, an den ich mich klammerte, hielt diese doppelte Belastung nicht aus.

Er brach.

Ich fiel, wurde von dem Kerl, der mich attackierte, zur Seite gestoßen und umgeworfen. Hart schlug ich auf dem steinernen Boden auf.

Jetzt erkannte ich ein Besicht über mir.

Es war das affenähnliche Antlitz von Garco, dem Schloßverwalter. Er fackelte nicht lange. Seine Faust traf mich seitlich am Kopf.

Der Schlag rüttelte mich kräftig durch. Zentnerschwer lastete der Mann auf mir. Er schien mich mit seinem Körper erdrücken zu wollen.

Ich gab's ihm mit den Handkanten.

Garco knurrte. Es gelang mir, ihn abzuwerfen. Atemlos kam ich auf die Beine. Garco rammte mir seinen Schädel in den Bauch.

Er stieß mich gegen die Schloßmauer.

Seine Rechte traf meinen Magen. Das löste einen höllischen Schmerz aus. Ich krümmte mich und japste nach Luft.

Garco war unglaublich kräftig, und sein Kampfstil war mehr als ungewöhnlich. Deshalb war es verdammt schwer, sich auf ihn einzustellen.

Sein hochschnellendes Knie prallte gegen mein Kinn, ehe ich den Kopf zur Seite nehmen konnte. Ich war angeschlagen.

Garco schien mich immer besser in den Griff zu bekommen. Aber er rechnete nicht damit, daß ich zäh war.

Mit dem nächsten Faustschlag wollte er mich ins Aus schicken.

Er ließ sich damit Zeit – und gab mir damit die Möglichkeit, mich zu erholen. Als er dann zuschlug, war ich wieder halbwegs obenauf.

Ich reagierte so schnell, wie er es nicht für möglich gehalten hatte.

Seine Faust raste an meinem Kopf vorbei. Ich konterte schnell wie der Blitz. Zwei Schlagdoubletten trafen ihn völlig überraschend. Drei, vier Handkantenschläge machten den Mann mürbe.

Es fehlte nur noch ein Schwinger, der Garco niederstreckte und für einige Zeit ausschaltete. Den verpaßte ich ihm.

Ächzend schloß Garco die Augen.

Wie ein Stück Holz fiel der Verwalter um und rührte sich nicht mehr. Ich beging jedoch nicht den Fehler, ihn auf dem Boden liegenzulassen.

Ich mußte mein Risiko so gering wie möglich halten.

Deshalb holte ich meine Handschellen aus dem Jackett, ließ einen Teil der Achterspange um Garcos linkes Handgelenk einrasten und hängte den zweiten Teil an jene Strebe des Holzlattenrostes, die mir am widerstandsfähigsten erschien.

Dann atmete ich erleichtert auf.

Die erste Hürde war genommen. Wie viele gab es noch zu überwinden? Ich kümmerte mich nicht weiter um Garco. Die Zeit drängte. Lydia und Harry sollten keine Minute länger als unbedingt nötig in diesem verfluchten Schloß bleiben.

Ich wollte mich der efeubewachsenen Wand wieder zuwenden, da vernahm ich plötzlich Schritte.

Und dann schälte sich der Hellseher Rob Tokar aus der Dunkelheit...

Er hatte mir gesagt, daß er auf seine Weise Jagd auf den Vampir machen würde, und daß er mir dabei nicht in die Quere kommen würde. Nun war er mir doch in die Quere gekommen. Ich ersparte mir jedoch einen Vorwurf.

»Reger Betrieb heute nacht auf Graf Morloffs Schloß«, sagte ich.

»Haben Sie Garco ausgeschaltet?«

»Sehen Sie sonst noch jemanden, der es getan haben könnte?«

»Sie müssen sehr kräftig sein, Sinclair.«

»Kraft allein genügt bei einem Mann wie Garco nicht. Den kann man nur bezwingen, wenn man mehr im Kopf hat als er. Treiben Sie sich schon lange hier herum?«

»Seit etwa dreißig Minuten«, antwortete der Hellseher.

»Schon eine Entdeckung gemacht? Ist Graf Morloff im Schloß?«

»Das weiß ich nicht.«

»Ein Mädchen und ein Mann sind darin gefangen«, sagte ich. »Ich möchte sie so schnell wie möglich herausholen und suche nach einer Möglichkeit, in die Burg zu gelangen...«

»Indem Sie hier hochklettern? Mann, da können Sie sich das Genick brechen.«

»Haben Sie einen besseren Vorschlag?«

»Ich habe einen Geheimgang entdeckt, der ins

Schloß führt. Aber ehrlich gesagt, ich hatte noch nicht den Mut, die Burg allein zu betreten.«

»Gehen Sie voraus. Ich begleite Sie mit dem größten Vergnügen. Aber bleiben Sie in meiner Nähe. Graf Morloff ist ganz verrückt nach dem Blut von Hellsehern.«

Rob Tokar lächelte schief. Er wandte sich um und trabte los. Ich folgte ihm. Wir bogen um eine Ecke, und neben einem wild wuchernden Rosenstrauch erkannte ich tatsächlich das Ende eines unscheinbaren Geheimganges.

»Wunderbar«, sagte ich zufrieden.

»Ich habe keine Ahnung, wohin dieser Gang führt.«

»Das macht nichts. Es wird sich herausstellen.«

»Vielleicht landen wir in Graf Morloffs Gruft.«

»Das wäre nicht einmal so schlecht«, sagte ich. »Dann könnte ich diesem Blutsauger gleich mal sagen was ich von ihm halte.«

Wir betraten den Geheimgang.

Schon nach wenigen Schritten stieß ich mir den Kopf. Was mir daraufhin entfuhr, ist nicht druckreif.

Damit mir das nicht noch mal passierte, holte ich mein Feuerzeug aus der Tasche. Ich schluckte es an.

Plötzlich gefror mir das Blut in den Adern.

Ich hatte soeben festgestellt, daß Rob Tokar keinen Schatten warf. Ein untrüglicher Beweis dafür, daß ich einen weiteren Vampir vor mir hatte!

Vor einer Stunde waren die Kerzen ausgegangen, und weder Lydia noch Harry hatten Streichhölzer, um sie wieder anzuzünden.

Zitternd saß Lydia neben Harry. Immer wieder zuckte sie heftig zusammen. Jedes

Geräusch erschreckte sie maßlos.

Tränen flossen über ihre Wangen. »Ich halte das nicht mehr lange aus, Harry«, sagte sie verzweifelt. »Garco hat uns eingesperrt. Er hat uns als Opfer für den Vampir vorgesehen. Dich, mich und… Claus-Dieter. Er lebt nicht mehr. Ich fühle es. Und nun müssen wir beide auf unser Ende warten. Es wird noch in dieser Nacht sein…«

»Sei still, Lydia«, sagte Harry Pallenberg ärgerlich. »Du darfst nicht so reden.«

»Hat es denn einen Sinn, die Augen vor der Wahrheit zu verschließen?«

»Wenn wir beisammen bleiben, kann uns kaum etwas passieren.«

»Wie willst du dich denn gegen einen Vampir verteidigen?«

»Wir haben gute Chancen, zu überleben, Lydia. Du darfst den Mut nicht verlieren. Einmal geht auch diese Nacht zu Ende, und dann kann uns der Vampir nichts mehr anhaben. Wir haben einen ganzen Tag vor uns, um zu fliehen.«

»Vergiß Garco nicht. Er wird zu verhindern wissen, daß wir das Schloß verlassen. O Harry. Ich weiß, es ist jetzt nicht der richtige Zeitpunkt dafür, aber ich muß es dir sagen: Es war nicht richtig, hierherzukommen. Siehst du das jetzt ein?«

Harry Pallenberg machte schon lange keine Witze mehr. Auch er hatte jetzt Angst.

»Ja«, sagte er mit belegter Stimme. »Ja, Lydia. Ich gebe zu, es war ein Fehler, dieses Schloß zu betreten.«

»Wir hätten auf den Wirt und auf John Sinclair hören sollen.«

»Du hast recht. Aber ich war der Meinung, daß die ganze Geschichte von dem verfluchten Schloß bloß erfunden war.«

Lydias Hand tastete nach Harry Pallenbergs Arm.

»Ich werde alles in meiner Macht stehende tun, um dich zu beschützen«, sagte Pallenberg. »Schließlich bin ich schuld daran, daß du jetzt in der Klemme sitzt.«

»Wir sollten nicht warten, bis der Tag anbricht, Harry.«

»Was sollen wir denn tun?«

»Wir müssen unbedingt das Schloß verlassen.«

»Das haben wir doch schon versucht. Sämtliche Türen sind abgeschlossen. Die Fenster sind vergittert.«

»Im Obergeschoß sind sie's nicht, Harry.«

»Das ist zu hoch. Wenn du mit gebrochenen Knochen im Burghof liegst, bist du dem Vampir noch mehr ausgeliefert als hier drinnen.«

Lydias Hand drückte den Arm Harry Pallenbergs. »Laß es uns versuchen, Harry. Bitte. Ich kann hier nicht mehr länger untätig herumsitzen. Ich will nicht darauf warten, daß Graf Morloff erscheint und uns beide...«

»Okay, Lydia. Versuchen wir's«, sagte Pallenberg seufzend. Er erhob sich.

Lydias Hand glitt in die seine. Sie tasteten sich durch die Dunkelheit, erreichten eine Treppe, stolperten diese hoch.

Dem Mädchen war kalt.

Lydia war so furchtbar aufgeregt, daß sie kaum noch damit fertig wurde. Ihr Atem ging schnell. Ihr Herz klopfte rasend.

Immer wieder warf sie einen Blick zurück, obwohl in der Finsternis kaum etwas zu erkennen war. Sie wurde das schreckliche Gefühl nicht los, von jemandem angestarrt zu werden.

Die Wände atmeten ihr eiskalte Feindseligkeit entgegen. Es stimmte. Auf diesem Schloß war das Böse zu Hause.

Fröstelnd erreichte Lydia neben Harry das obere Ende der Treppe. Rechterhand gab es eine Tür.

Pallenberg legte seine Hand auf die Klinke. Als er sie nach unten drückte, hielt Lydia unwillkürlich die Luft an.

Langsam schwang die Tür zur Seite. Lydia und Harry blickten in ein Schlafzimmer, an dessen Stirnseite ein Baldachinbett stand.

Das Bett war leer.

Harry Pallenberg betrat den Raum. Lydia folgte ihm. Sie begaben sich zum Fenster. Es war nicht vergittert.

Pallenberg öffnete es. Ein kalter Lufthauch fauchte ihm ins Gesicht und zerzauste sein Haar.

Er blickte hinunter. »Zu hoch«, stellte er fest.

»Ich hab's«, sagte Lydia. »Wenn wir das Laken, den Oberbettüberzug und die Kissenbezüge aneinanderknüpfen...«

Pallenberg packte Lydia bei den Schultern und schüttelte sie begeistert.

»Mädchen, das ist die Idee! Wieso bin ich nicht selbst darauf gekommen. Ja, das machen wir. Auf diese Weise können wir Garco und seinem Herrn doch noch ein Schnippchen schlagen!«

Sie eilten zum Bett.

Lydia riß das Laken heraus. Pallenberg

knöpfte den Oberbettüberzug auf, Lydia nahm sich die beiden Kissen vor.

In fieberhafter Hast knoteten sie eins an das andere. Sie hatten wieder neuen Mut gefaßt. Sie glaubten; nun doch noch mit dem Schrecken davonkommen zu können.

»Nie wieder«, sagte Lydia. Es klang wie ein Schwur. »Nie wieder begebe ich mich an einen Ort, von dem es heißt, er sei verflucht.«

»Ich auch nicht«, gestand Harry Pallenberg. »Ich denke, ich bin geheilt.« Lydia band den letzten Knoten. »Fertig«, sagte sie.

»Das Bett«, sagte Harry Pallenberg. »Wir schieben es ans Fenster und binden das Lakenende an den Baldachinpfosten.«

Gemeinsam plagten sie sich mit dem schweren Bett. Sie mußten sich anstrengen, um die Liegestatt zum Fenster zu bringen.

Harry Pallenberg schlang das Leintuch um den dicken Pfosten und zurrte es daran fest.

Er lächelte. »Im allgemeinen heißt es, Ladies first. Aber in dieser speziellen Situation ist es vernünftiger, wenn ich den Anfang mache. Ich muß das Laken testen. Wenn es mein Gewicht aushält, wird es dich auch verkraften.«

Pallenberg setzte sich auf die Fensterbank.

»Sei vorsichtig«, sagte Lydia.

Harry Pallenberg drehte sich. Er schwang die Beine zum Fenster hinaus.

»Ist ja nicht gerade sehr hoch, aber wenn man so etwas nicht gewöhnt ist...«

Er sprach nicht weiter, griff nach dem Leintuch und sank vorsichtig nach unten.

Es schien zu klappen.

Pallenberg legte zwei Yards zurück. Vielleicht hätte Lydia das Unglück
noch verhindern können, wenn sie etwas davon geahnt hätte. Aber sie war ahnungslos.

Sie sah nicht, wie sich der Knoten unter dem starken Zug mehr und mehr vom Bettpfosten löste. Als sie es dann merkte, war es bereits zu spät, etwas zu tun.

Ihre Hände versuchten zwar noch blitzschnell zuzupacken, doch als ihre Finger das Laken berührten, löste sich der Knoten völlig, und das Leintuch zuckte unter Lydias Händen aus dem Fenster.

»Harry!« stieß sie entsetzt hervor.

Sie sah, wie Pallenberg fiel. Sein Oberkörper kippte nach hinten. Das Leintuch flatterte hinter ihm her.

Er prallte im Burghof auf. Das Laken breitete sich über ihn. Er regte sich nicht mehr, nahm das Leintuch nicht fort, erhob sich nicht.

Lydia fuhr ein Eissplitter ins Herz.

Das Laken sah aus wie ein Leichentuch, das einen Toten zudeckte. Dem verzweifelten Mädchen schossen die Tränen in die Augen.

Nun war sie ganz allein.

Ein vor Angst und Ratlosigkeit zitterndes Opfer des Vampirs. Hilflos dem Verderben preisgegeben.

Entsetzt starrte Lydia Groß auf das hell leuchtende Laken. »Bitte«, flüsterte sie. »Bitte, Harry, steh auf. Bleib nicht liegen. Du bist nicht tot. Du bist nur ohnmächtig. Komm zu dir. Laß mich sehen, daß du den Sturz überlebt hast. Bitte, Harry. Steh auf!«

Doch Harry Pallenberg rührte sich weiterhin nicht.

Lydia vergrub ihr Gesicht in den Händen. Sie schluchzte.

Plötzlich hörte sie hinter sich ein Geräusch. Langsam drehte sie sich um. Ihre Hände sanken nach unten.

Der Schock traf sie mit der Wucht eines Keulenschlages. Denn in der Tür stand... Graf Morloff!

Die Tatsache, daß Rob Tokar keinen Schatten warf, hatte ihn als Vampir verraten. Ich konnte deshalb sofort reagieren, als er versuchte, mir die Kehle durchzubeißen.

Mein Tritt beförderte ihn zurück.

Meine Rechte zuckte zur Silberkugel-Beretta. Doch ehe der Waffenlauf auf den Hellseher gerichtet war, kickte dieser mir die Pistole aus der Hand. Die Kanone flog über meinen Kopf hinweg und landete irgendwo weit hinter mir.

Rob Tokar grinste satanisch.

Erschreckend lang waren die Eckzähne, die seine blassen Lippen entblößten. Er fintierte. Ich durchschaute den Scheinangriff jedoch, wich aus und konterte. Tokar prallte gegen die Wand.

Ehe er sich wieder davon abstemmte, riß ich meinen geweihten Silberdolch aus dem Gürtel. Der Griff hatte die Form eines Kreuzes.

Als Rob Tokar das sah, wich er in panischem Entsetzen zurück. Eine Sekunde später wirbelte er verstört herum und rannte davon.

Er hetzte durch den finsteren Geheimgang, schien sich im Schloß so gut auszukennen wie Graf Morloff selbst.

Doch so billig sollte mir der Vampir nicht davonkommen. Ich folgte ihm augenblicklich. Tokar erreichte eine Tür, riß sie auf, warf sie hinter sich zu.

Aber er kam nicht mehr dazu, sie zu verriegeln, denn ich war schon heran. Er stürmte weiter. Ich blieb dem Blutsauger auf den Fersen.

Wir durchhasteten mehrere Räume. Tokar lief um sein unseliges Leben, denn er wußte, was ich mit ihm machen würde, wenn ich ihn erwischte.

Er stolperte über Stufen hinunter. Ich holte auf. Als ich bis auf zwei Yards an den Untoten herangekommen war, warf ich mich nach vorn.

Ich umschlang seine Beine mit beiden Armen. Er wurde jäh gestoppt und schlug lang hin. Knurrend rollte er auf dem Boden herum.

Ich schnellte hoch.

Auch Rob Tokar wollte aufspringen, doch ich war schneller als er. Mein geweihter Silberdolch raste auf seine Brust zu.

Die Klinge versenkte sich darin.

Rob Tokar gurgelte, taumelte und brach zusammen. Ich nahm den Dolch wieder an mich, während aus dem widerlichen Blutsauger innerhalb weniger Sekunden wieder ein Mensch wurde.

Nun war der Hellseher ebenso erlöst wie Claus-Dieter Krämer. Ich hatte seiner Seele zu ewigem Frieden verholfen.

Ich eilte weiter. Um den Toten würde ich mich später kümmern. Im Augenblick war es wichtig, die Lebenden zu retten.

Eine weitere Tür. Stufen. Ich schlich sie hinunter und stand wenig später vor Graf Morloffs Sarkophag. Hier verbrachte er die Zeit des Lichts.

Ich wußte, wie ich ihm eine Rückkehr in diesen Sarkophag unmöglich machen konnte. Blitzschnell nahm ich das geweihte Silberkreuz ab, das ich an einer Kette um den Hals trug, und legte es in den steinernen Totenbehälter.

Es war dem Vampir unmöglich, das Kruzifix anzufassen.

Folglich konnte er es auch nicht entfernen. Also konnte er sich auch nicht in den Sarkophag legen.

Er würde sich eine andere »Bleibe« für den Tag suchen müssen. Plötzlich ein Schrei, der mir durch Mark und Bein ging. Ein Mädchen hatte ihn in höchster Verzweiflung ausgestoßen.

Lydia…

Abermals schrie Lydia Groß. Sie war so sehr durcheinander, daß sie es selbst gar nicht mitbekam. Ihre großen Augen waren entsetzt auf den Vampir gerichtet. Er grinste diabolisch.

Lydia hatte das Gefühl, der Schlag müsse sie treffen. Sie hatte noch nie soviel Angst gehabt wie in diesem Augenblick.

Graf Morloff setzte sich in Bewegung. Er ging geschmeidig wie ein Panther. Seine rot geäderten Augen schienen zu glühen.

Er schlug das Mädchen in seinen Bann. Lydia spürte, wie der Blutsauger allmählich Gewalt über ihren Geist bekam.

Er ließ sie wissen, daß sie keine Angst vor dem Todeskuß zu haben brauche. Er pflanzte ihr in den Kopf, daß es erstrebenswert sei, so zu werden wie er.

Lydia versuchte sich dem hypnotischen Einfluß des Grafen zu entziehen. Aber er zwang sie, ihn weiter anzusehen.

Mit kaum hörbaren Schritten näherte sich das Schattenwesen seinem Opfer. Lydia glaubte, den Verstand verloren zu haben.

Sie wähnte sich in einem schrecklichen Alptraum und wünschte sich inständig, so bald wie möglich zu erwachen.

Der Blutgraf hob die Hände.

Lydia Groß schüttelte verzweifelt den Kopf. »Nein!« stöhnte sie.

Es gab niemanden mehr, der ihr beistehen konnte. Was aus Claus- Dieter geworden war, wußte Lydia nicht. Harry war abgestürzt und lag reglos im Burghof.

Sie war allein. Und sie war dem grausamen Vampir rettungslos ausgeliefert. Graf Morloff wollte, daß sie sich zu ihm begab. Sie weigerte sich, doch er befahl es ihr mit der Kraft seiner schrecklichen Augen.

Lydia konnte sich dagegen nicht mehr länger wehren. Sie mußte gehorchen. Langsam näherte sie sich der Bestie.

Ihr Herz trommelte gegen die Rippen. Ihr war klar, daß sie nur noch wenige Augenblicke zu leben hatte.

Dann würde es vorbei mit ihr sein, und sie würde sich Nacht für Nacht aus ihrem Grab erheben, um sich genauso auf die Suche nach Opfern zu begeben, wie Graf Morloff es tat.

Zitternd blieb sie vor dem Schattenwesen stehen.

Morloff öffnete seinen schwarzen Umhang. Er breitete seine Arme aus und erwartete von Lydia, daß sie noch näher kam.

Das entsetzte Mädchen machte den entscheidenden Schritt. Sie konnte nicht anders. Graf Morloff hatte ihren Geist schon fest im Griff.

Ein zufriedenes Lächeln huschte über seine totenblassen Züge. Dieses Opfer gefiel ihm ganz besonders.

Er bevorzugte junges Mädchenblut. Lydia war eine Schönheit. Deshalb bereitete es dem Vampir ein außerordentliches Vergnügen, ihr Leben zu zerstören.

Langsam beugte er sich über die Deutsche.

Lydia befand sich in Trance. Es war ihr nicht mehr möglich, zu denken. Sie führte nur noch Graf Morloffs Willen aus. Langsam neigte sie den Kopf zur Seite und bot ihm ihre pochende Halsschlagader.

Gierig entblößte der Vampir seine langen Zähne. Es funkelte dämonisch in seinen Augen, als er sich dem Hals des Mädchens näherte.

Bis auf zwei Zoll kam er heran.

Plötzlich irritierten ihn schnelle Schritte. Er zuckte hoch, fauchte wütend. Er haßte es, gestört zu werden, wenn er im Begriff war, sich am Blut eines Opfers zu laben.

Zornig warf er die Tür zu und drehte den Schlüssel um.

Augenblicke später erreichten die Schritte die Tür. Jemand rüttelte an der Klinke. Graf Morloff knurrte erbost.

Draußen warf sich jemand an die Tür. Immer wieder. Die schwere Tür hielt dem Ansturm zwar stand, aber die wummernden Geräusche irritierten den Blutgrafen so sehr, daß er sich seinem Opfer nicht so widmen konnte, wie es

Lydia verdient hätte.

Deshalb packte er das Mädchen kurzerhand, riß es an sich, nahm es auf seine kräftigen Arme und rannte mit ihm durch den Raum.

In der holzgetäfelten Wand gab es eine unsichtbare Geheimtür.

Graf Morloff stieß sie auf und eilte mit seinem Opfer aus dem Zimmer. Mit großen Schritten durchquerte der Vampir zwei weitere Räume.

Augenblicke später trat er auf einen finsteren Korridor, den er entlangrannte. Sein schwarzer Umhang wehte gespenstisch hinter ihm her.

Er schlug den Weg zur Gruft ein, um mit seinem Opfer ungestört zu sein...

Ich warf mich immer wieder gegen die Tür, obwohl meine Schulter bereits schmerzte. Plötzlich entdeckte ich auf dem Korridor den Blutsauger.

Graf Morloff rannte mit Lydia davon. Er trug sie, wollte sie in seine Gruft verschleppen.

Ich hetzte sogleich hinterher. Morloff verschwand aus meinem Blickfeld. Ich mußte verhindern, daß er sich mit seinem Opfer in der Gruft einschloß.

Ich kam an einem Butzenscheibenfenster vorbei. Die Farben des Glases begannen allmählich zu leuchten. Ein Beweis dafür, daß draußen bereits der Morgen graute.

Graf Morloff blieb nicht mehr viel Zeit. Er mußte sich zurückziehen. Aber ich hatte dafür gesorgt, daß er das nicht mehr konnte...

Auf einmal gellte ein Schrei durch das Schloß, der von keiner Menschenkehle ausgestoßen worden sein konnte.

Wut, Panik, Entsetzen – alles war in diesem Schrei. Das bedeutete für mich, daß Graf Morloff mein geweihtes Silberkreuz im Sarkophag liegen gesehen hatte. Ich rannte eine breite Treppe hinunter.

Der Vampir stürmte in lohender Panik aus seiner Gruft. Er trug Lydia immer noch auf seinen Armen.

Als er mich sah, schwenkte er ab. Er floh in die riesige Bibliothek. Dort kam Lydia Groß langsam wieder zu sich.

Sie sah, was passierte, erkannte mich, faßte neuen Mut, bäumte sich blitzschnell auf und befreite sich.

Graf Morloff hatte keine Zeit, sich um sie zu kümmern. Lydia fiel auf den Boden, schnellte sogleich wieder hoch und rannte um den langen Marmortisch herum, der mitten im Raum stand.

Morloffs ganzer Haß, der von den Mächten der Finsternis gespeist wurde, richtete sich gegen mich. Der Blutgraf vergaß für kurze Zeit Lydia Groß.

Es war ihm viel wichtiger, zuerst mich zu vernichten, denn ich war sein erbittertster Gegner. Er war gezwungen, mich zu töten, denn wenn er es nicht tat, würde ich ihm sein unseliges Leben nehmen.

Mit gefletschten Zähnen kam er auf mich zu.

Meine Hand zuckte zur Luftdruckpistole. Graf Morloff ergriff eine Vase und schleuderte sie kraftvoll nach mir.

Ich steppte zur Seite, konnte jedoch nicht verhindern, daß mich das Geschoß am Ellenbogen traf.

Dadurch brachte ich die Pistole nicht schnell genug aus dem Gürtel. Morloff raste auf mich zu.

Ich kassierte einen Treffer, der mich gegen die Wand schleuderte. Ich verlor die Pistole. Neben mir hing ein Schild mit dem Wappen der Morloffs.

Links und rechts davon hing je ein Schwert. Morloff riß eines davon vom Haken. Ich ergriff das andere.

Der Vampir hieb auf mich ein. Da Graf Morloff viele hundert Jahre alt war, entstammte er einer Zeit, in der man gelernt hatte, das Schwert zu führen.

Er war um Klassen besser als ich. Schlagend und stechend trieb er mich durch die Bibliothek. Lydia preßte entsetzt ihre Fäuste an die Wangen und verfolgte unseren Kampf.

Morloff parierte meine Angriffe mühelos, während ich nur mit knapper Not über die Runden kam.

Der Vampir setzte zum furiosen Finale an.

Mit einem gewaltigen Hieb zerbrach er die Klinge meines Schwerts. Ich hielt nur noch den Griff in der Hand.

Jetzt hätte er den tödlichen Streich führen können. Doch er verzichtete darauf. Grinsend warf er sein Schwert weg.

Er brauchte es nicht mehr. Er war sich meiner absolut sicher.

Ich stand schweratmend vor ihm. Mein Gesicht war schweißnaß. Graf Morloff packte mich mit seinen eiskalten Totenhänden an der Kehle.

Ich kämpfte mit zäher Verbissenheit gegen den

Blutsauger. Wir drehten uns mehrmals im Kreis. Die Luft wurde mir knapp.

Ich stolperte und fiel.

Graf Morloff ließ sich mit mir fallen. Seine grausigen Vampirzähne näherten sich meiner Kehle. Ein schreckliches Gefühl war das.

Er darf nicht zubeißen! schoß es mir siedendheiß durch den Kopf. Wenn er dir erst mal seine Zähne in die Kehle geschlagen hat, bist du verloren. Meine zitternde Hand suchte den geweihten Silberdolch. Als ich ihn nicht sofort fand, erschrak ich. Hatte ich ihn während des Kampfes verloren?

Nein. Da war er.

Meine Finger umschlossen ihn. Ich holte aus, während die Vampirzähne meine Haut schon fast berührten.

Und als Graf Morloff mir mit einem kraftvollen Biß das Leben nehmen wollte, stieß ich zu.

Das Schattenwesen brüllte verletzt auf. Graf Morloff zuckte hoch. Er starrte mich verstört an. Ich hatte ihn nicht tödlich getroffen, aber das geweihte Silber machte ihm sichtlich zu schaffen.

Bestürzt erhob er sich.

Er preßte beide Hände auf die Wunde. Ich stand ebenfalls auf. Mein Hals schmerzte. Der Schweiß rann mir in breiten Bächen über das Gesicht.

Graf Morloff wich vor mir zurück.

Ich schnellte mich vorwärts. Neuerlich fand mein Dolch seinen Körper. Abermals brüllte Morloff auf. Doch wiederum war es mir nicht gelungen, dem Blutsauger den Todesstoß zu versetzen.

In namenloser Angst kreiselte das Schattenwesen herum. Graf Morloff wollte fliehen. Doch ich ließ es nicht zu.

Sein Schicksal sollte sich in diesem Raum erfüllen.

Als er losrannte, warf ich mich auf meine Luftdruckpistole. Ich zielte und drückte überhastet ab. Im selben Augenblick schlug der Untote einen Haken.

Dadurch drang ihm der Eichenbolzen nicht ins Herz.

Aber das Geschoß warf ihn nieder. Er stieß schaurige Laute aus. Verzweifelt wollte er wieder auf die Beine kommen, doch der Eichenbolzen saß zu nahe an seinem unseligen Leben.

Graf Morloff war schwer angeschlagen, und ich zögerte nicht, ihm augenblicklich den Rest zu geben, denn mit diesem Unhold durfte man kein Mitleid haben.

Mein Blick fiel auf die zugezogenen Übergardinen. Sie waren dick und schwer. Da, wo sie zusammentrafen, entdeckte ich einen hellen vertikalen Strich.

Tageslicht!

Mit einem weiten Satz war ich bei den Vorhängen. Ich riß sie auseinander. Wie Lanzen stachen die ersten Strahlen der aufgehenden Sonne in den Raum.

Sie trafen Graf Morloff.

Und sie töteten das gefährliche Schattenwesen. Der Todeskampf des Blutsaugers dauerte einige schreckliche Minuten.

Nach und nach zerfiel Graf Morloff vollkommen zu Staub. Nur der klobige Ring mit dem Wappen der Morloffs blieb von ihm übrig.

Die Schlacht war geschlagen. Der Vampir war vernichtet. Lydia Groß war gerettet…

Sie konnte es kaum fassen. Ihre Knie vibrierten, als sie auf mich zukam. Ihr Schritt war unsicher. Es schien, als bestünde die Gefahr, daß sie schon in der nächsten Sekunde umkippte.

Seufzend sank sie in meine Arme. Ich spürte, wie sie zitterte. Sie küßte mich. Ich hatte nichts dagegen. Es war die schönste Art, Dankeschön zu sagen.

»O John«, flüsterte Lydia. »Ich bin ja so froh, daß es vorbei ist.«

»Ich auch«, sagte ich und verließ mit dem hübschen Mädchen aus Germany das Schloß.

Wir kümmerten uns um Harry Pallenberg. Er hatte sich beim Sturz beide Beine gebrochen. Aber abgesehen davon ging es ihm gut.

Ich trug ihn zu meinen Bentley und holte anschließend Garco. Als der Schloßverwalter hörte, daß Graf Morloff zur Hölle gefahren war, stimmte er ein Klagegeheul an, mit dem er mich jedoch nicht beeindrucken konnte.

Ich lieferte Garco bei Inspektor Charisse ab. Delmer Charisse beglückwünschte mich zu meinem Erfolg. Ein Krankenwagen holte Harry Pallenberg ab.

Bevor ich aus Swanage abreiste, traf ich noch einmal Lydia Groß.

»Ich werde Sie vermissen, John«, sagte das Mädchen.

»Wenn Sie mal Zeit und Lust haben, besuchen Sie mich in London.«

»Das werde ich tun. Und wenn Sie mal

nach Deutschland kommen, vergessen Sie nicht, bei mir reinzuschauen.« Sie gab mir ihre Adresse.

»Bestimmt nicht«, sagte ich.

»Versprochen?« fragte Lydia.

»Versprochen«, gab ich zurück. Dann küßte ich sie auf die Wange und setzte mich in meinen Bentley. Als ich losfuhr, winkte Lydia, und sie winkte immer noch, als ich es längst nicht mehr sehen konnte…

ENDE

Anmerkungen des Autors:

Sie können mit mir sehr gerne in Kontakt treten, entweder per Post, E-Mail oder Telefon. Mich können Sie auch auf folgender Website: www.sandrohuebner.de besuchen und kontaktieren. Ihre Bestellungen können auch darüber erfolgen.

Bisher erschienen:

Autor: Sandro Hübner
Titel: SAD SONG
- Trauriges Lied -

Genre: Kriminalroman
Seitenanzahl: 66
ISBN: 978-3-7407-3007-9
Verlag: TWENTYSIX

Autor: Sandro Hübner
Titel: Juliette und Taddei eine Liebe forever

Genre: Liebesroman
Seitenanzahl: 68
ISBN: 978-3-7407-3030-7
Verlag: TWENTYSIX

Autor:	Sandro Hübner
Titel:	Rückkehr eines träumenden Delfins

Genre:	Roman
Seitenanzahl:	56
ISBN:	978-3-7407-3399-5
Verlag:	TWENTYSIX

Autor:	Sandro Hübner
Titel:	Fesselnde Psycho-Horror-Geschichten

Genre:	Horror
Seitenanzahl:	208
ISBN:	978-3-7407-4455-7
Verlag:	TWENTYSIX

Autor:	Sandro Hübner
Titel:	Spannende Thriller-Geschichten

Genre:	Thriller
Seitenanzahl:	152
ISBN:	978-3-7407-4636-0
Verlag:	TWENTYSIX

Autor:	Sandro Hübner
Titel:	Doppelt stirbt sich besser, mit einem grauenvollen Biss

Genre:	Psychohorror
Seitenanzahl:	512
ISBN:	978-3-7407-4697-1
Verlag:	TWENTYSIX

Autor:	Sandro Hübner
Titel:	TITANIC Ein Augenzeugenbericht von Helena F. Lang

Genre:	Roman
Seitenanzahl:	88
ISBN:	978-3-7407-5058-9
Verlag:	TWENTYSIX

Autor:	Sandro Hübner
Titel:	Unheimliche Gruselgeschichten - Teil I -

Genre:	Gruselroman
Seitenanzahl:	244
ISBN:	978-3-7407-5067-1
Verlag:	TWENTYSIX

Autor:	Sandro Hübner
Titel:	Unheimliche Gruselgeschichten
	- Teil II -

Genre:	Gruselroman
Seitenanzahl:	208
ISBN:	978-3-7407-5068-8
Verlag:	TWENTYSIX

Autor:	Sandro Hübner
Titel:	Der Fitnesstrainer

Genre:	Roman
Seitenanzahl:	132
ISBN:	978-3-7407-5075-6
Verlag:	TWENTYSIX

Autor:	Sandro Hübner
Titel:	Das Bett des Horroralptraums

Genre:	Horror
Seitenanzahl:	128
ISBN:	978-3-7407-5139-5
Verlag:	TWENTYSIX

Autor:	Sandro Hübner
Titel:	Der verhängnisvolle Fehler aller Zeiten - Das Haus der Seelen

Genre:	Horror
Seitenanzahl:	112
ISBN:	978-3-7407-5317-7
Verlag:	TWENTYSIX

Autor:	Sandro Hübner
Titel:	Spannende Abenteuerkurzge-schichten für Kinder

Genre:	Roman
Seitenanzahl:	104
ISBN:	978-3-7407-5415-0
Verlag:	TWENTYSIX

Autor:	Sandro Hübner
Titel:	Roy Raperpotz im Land der Träume

Genre:	Roman
Seitenanzahl:	96
ISBN:	978-3-7407-1711-7
Verlag:	TWENTYSIX

Autor:	Sandro Hübner
Titel:	Der grausame Helikopter des Horror

Genre:	Horror
Seitenanzahl:	180
ISBN:	978-3-7407-2681-2
Verlag:	TWENTYSIX